JN198144

イヴ・ラヴェ

加藤かおり 訳

Taormine

Yves Ravey

早川書房

迂回

TAORMINE
by
Yves Ravey
Copyright © 2022 by
Les Éditions de Minuit
Translated by
Kaori Kato
First published 2025 in Japan by
Hayakawa Publishing, Inc.
This book is published in Japan by
arrangement with
Les Éditions de Minuit
through le Bureau des Copyrights Français, Tokyo.

装画／南 景太
装幀／須田杏菜

マリー＝ジョエルへ

1

カターニア＝フォンターナロッサ空港を出ると、レンタカーを北部、タオルミーナへ通じる高速道路の最初のインターチェンジに乗り入れた。

いよいよぼくたちのヴァカンスが始まる。そう思うと、胸が躍った。ルイザは時折、シチリアのガイドブックをめくっている。というわけで、ぼくはここ最近のふたりの暮らしを、破局と紙一重だったあのひとときを、すでに頭から締め出していた。なぜなら、厄介だったあれらの日々のあと、ぼくたちが互いに静けさと休息を欲していたという事実は、心にとどめておくべきだからだ。

2

遠くのほう、風にたわんだ木立のあいだから海が姿を現した。ぼくは島で最初に遭遇するビーチを指し示す、パラソルとコーンアイスのアイコンをあしらった案内板の前で減速した。そして本当になんの気なしにふと高速道路の出口を出て、接続道路に入った。その先は工事区域だった。というか、そう見受けられた。それというのも、今度はその事実を示してくれるものがなかったからだ。道路標識も、工事用のコーンも。あったのは、警告板一枚だけ。〈注意、トラック出口〉。表示はイタリア語。だが、ぼくはイタリア語は話せない、というか、話せてもほんの片言だ。ちょうどそのあたりで右にハンドルを切り、路肩に草が生い茂る未舗装道路を突き進んだ。ルイザに不安がる様子はなかったが、とはいえ、なぜこの道を走っているのか訊いてきた。

スナックバーの駐車場に出た。フェンスの向こうに工事機材と資材の山が並んでいるその場所は、見るからに閑散としてひと気がなかった。だが、そんなことはどうでもいい。遠くにまたもやパラソルのマーク。色褪せた木板にピンクの塗料で描かれている。いましがた走ってきた未舗装道路は駐車場の先まで延びていて、送電塔のそばの最初のカーブを過ぎた直後で草むらのなかに消えていた。どうやらその少し先の左のほうに、接続道路と国道の合流点があるようだ。

少し休もう、とルイザを誘った。彼女に海を見せたかった。確かに案内板はお粗末だったがビーチはそこだとはっきり示していて、それほど遠くはなかった。工事機材や巨大なコンクリート管などが一画を占めている目の前の空き地を、ただ通り抜けるだけでいい。

外はあまり明るくなかった。ヴァカンスの初日としては、かなりがっかりですらあった。ぼくはスナックバーに入った。バーテンダーはカウンターの後ろで肘をついていた。パーコレーターを指さして、エスプレッソをふたつ注文した。バーテンダーはカウンターに飲み物を無言で置いたが、気にはならなかった。それぞれにカップを載せたふたつのソーサーに両手を取られながら、履いていたモカシンの先でスイングドアを押しあけ外に出た。

風が出ていた。それが運んできたのは期待したような海の香りではなく、これまたがっかりしたことに、黄色みがかった灰色の砂埃で、工事機材のせいだろうと考えた。

ルイザは車のフロントフェンダーに寄りかかり、空港で買った雑誌を読みながら待っていた。ぼくは感情が表に出る危険を承知のうえで――おい、その雑誌、まだ読んでるのか？　おとといの口論の続きを始める気か？……――ルイザに近づいていった。けれども彼女は丁寧に雑誌をたたむと、ジーンズの尻ポケットになんとか押し込んだ。そのあと、海が見えなくて残念だ、と身振りをつけて伝えてきた。でも、あの三時間の長いフライトのあと、どことも知れないこんな場所にこうしていられて嬉しい、とも。

　ソーサーの上で危なっかしいバランスを保っていたふたつのカップがかすかに揺れ、ぼくの指のあいだでカタカタ鳴った。コーヒーをこぼさないように気をつけながら、細い木板を組み合わせたテーブルに置いた。テーブルもパイプ椅子も真っ赤で、最近塗り直されたばかりのようだった。ぼくはルイザに、同感だよ、と応じた。そして付け加えた。ああ、そうした感覚は落胆とも言えるかも。まるでなにかを取り逃してしまったような、高速をあそこで降りてしまったことで、すまない、ルイザ、喩え（たと）は悪いが、まるで正しいドアを叩きそびれてしまったような、そんな感じだから。とはいえ、そう遠くないところにビーチがあるのは明白で確実だった。コンクリート管が並ぶ、こんな打ち捨てられた空き地ではなくて。

　言うまでもなく、ぼくは誤ってあの出口を出たことを悔いていた。その点については実際、ある意味やらかしてしまったと感じていた。けどな、道路標識に信頼が置けないとなると、どうすりゃいい、ルイザ、だろ、そう思わないか……？

確かにビーチのマークが見えたんだ、右のほうに、いくらなんでもそこまでぼうっとはしていない。すると彼女は指摘した。減速区間の終わりに、工事中であることを示す点滅灯があったけど。それからポケットから雑誌を引っ張り出して、ふたたび読みはじめた。ぼくはなおも言い募った。まったく初めての場所だから、間違えたっておかしくない。さらに、またもや沈黙してしまった妻にこう言わずにはいられなかった。フライトで疲れてるのはきみだけじゃない、こっちもだ、休息が必要なんだよ。というわけで、さっさと立ち去ってホテルに向かうのが得策だった。だが彼女は、空き地を突っ切って海岸へ延びている道を進みたがった。ぼくは言った。ぐずぐずしないで車に戻ったほうがいい。けれども当然、ルイザたるもの、海を目にするこの最初のチャンスを前におとなしく引き下がるはずがない。なにしろこの瞬間を何カ月も待ち望んできたのだ、なんとしてでも海を見ようとするだろう。

だとすると、もう少し歩かなきゃならないってわけか、とぼくは口に出して言った。山と積まれた、パイプやらコンクリートスラブやら、オレンジ色のしなしなのビニールの保護材やらの後ろをね。ひょっとして、国道とビーチを直接つなぐ計画でもあるのかな？　でもだからって、それが開始早々のわたしたちのヴァカンスにどんな関係があるって言うの？　そんな計画、どうだっていいじゃない。

というわけで、ぼくたちは工事機材を遠巻きにするようにして未舗装道路に出た。

いまやルイザが前を歩いていた。バッグを肩にかけ、裸足で、鮮やかな色のエスパドリーユ（麻のサンダル）を手に持って。追いつこうとぼくは走った。ルイザを落胆させてはいけないという例の感情に駆られていた。なにしろヴァカンス先にシチリアを選んだのも、パンフレットにあった何十ものホテルのなかからあそこを選んだのも、このぼくなのだ。観光や文化面のアクティビティについては、妻がひとりで計画を立てた。彼女はいま、軽やかに、慎重に、けれども決然とした足取りでどんどん進んでいく。土地の形状から察するに、いちばん近くのビーチに行き着きたければ、薄靄のあいだからいまぼくらの目の前に現れ出てきた桟橋の先を越えていかねばなるまい。

陽が沈みかけていた。ルイザは小石から小石へ飛び進んでいく。彼女は、息切れしたことを身振りで表しながら、ビーチはまだ先で、草むらを抜けるこの小道はやっぱりどこにも通じてない、と伝えてきた。そう言われてぼくは、彼女の仰せのとおりであり、タオルミーナまで行くのにもうあまり時間が残されてないな、と考えた。そして空港で時間をロスしたことを、つまりレンタカー会社のカウンターの前でわけのわからない行列に並ばされたことを苦々しく思った。

そこから駐車場までそれほど距離はなかった。というわけで、そのまま先に進むことにした。途中、丘の向こうにテントが並ぶ野営地があり、何人かの男女が小型のガスコンロを囲んでいた。ソファの背もたれが草むらに埋もれ、道具類が直（じか）に地面に散らばっている。ぼくは近づかないように注意した。要らぬ用心であり、ルイザはそうしたことを気にしない性質（たち）で、むしろ人との出会いを好んでいた。その彼女はいま、野営地の住人に背を向け、腰に手をあてて地平線に目を凝らしている。風を受けてシャツがはためいていた。ぼくは、彼女は疲れなんかものともせず、ずっと先まで行きたがるだろう、と先読みした。となると、ますます時間が押してくる。そこで、都合の悪い方角からいまやたたみかけるようにして吹きつけてくる風に抗い彼女を呼んだ。だがぼくの声は届かなかったか、あるいは切れ切れにしか聞こえなかったらしい。ぼくは両手をポケットに突っ込み、うつむき加減で歩を速め、ルイザに追いついた。彼女が失望しているのはわかっていた。ぼくは言った。もちろん慎重な口ぶりで、けれども言った――こんな時間に海っていうのは、ルイザ、いい考えじゃない。実際のところ、なあ、いろいろ考えてみると、いま気づいたんだが、ここでこうしてぼくらは時間を無駄にしてるわけだ。しかし彼女に言わせれば、シチリアに来たのにどこのビーチも訪れてないなんて、意味なさすぎ、なのだそうだ。

ぼくらは引き返した。車を出す前、彼女はスーツケースから引っ張り出してきたラズベリー色のモヘアのセーターを着込んだ。ぼくたちはいっとき、スナックバーの前で身を寄せ合ったまま坐っていた。ぼくはルイザに、ヴァカンスを成功させるっていう約束は必ず守るから、と改めて伝えた。彼女はぼくの肩にもたれかかると、それって、自分のために言ってるのよね、と断言し、こう付け加えた。そんな言葉は、大丈夫、ぼくはきっとできるって、自分自身を納得させるためのもの。だって、心の底では半信半疑のはずだから。

話が長引いてきたし、おまけに風もやまなかったので、ぼくたちは結局、スナックバーの店内に避難した。ウェイターは、工事のせいでご迷惑おかけしてすみません、と謝り、海沿いにずらりと水道管を敷く工事をしてるんですよ、と説明し、何カ月もかかるらしいです、と言い添えた。それからぼくたちのために、店の奥の引っ込んだところに置いてあるテーブルにアイスティーを置いた。ルイザは先ほどの議論に戻り、〝ヴァカンスを成功させる〟というのはどういう意味で言ったのか知りたがった。これってつまり、物事をつつがなく進めることを指してるの？　それとも、わたしの幸せを追求するってこと？　ぼくは、そういった事柄についてはホテルに落ち着いてから話し合ったほうがいいんじゃないか、と応じた。ルイザは言った。じゃあ、またあとで。

それから道路地図を広げて、こう続けた。ヴァカンスがうまくいくとかいかないとか、どうでもいいの。わたしにとって大事なのはね、メルヴィル、一瞬一瞬を味わうことだから。ぼくは道路地図をカウンターに置いた。すると、バーテンダーがタオルミーナまでのルートを指し示した。難しくはなかった。海沿いに延びる高速道路をたどればいい。実際のところ、地図はむしろ会話をスムーズに進めるための手段だった。しかもルイザは会話という点で、バーテンダーの配慮は不要だった。イタリア語を流暢に話す彼女は、空港ですでにレンタカー会社の担当者と難なくやり取りし、長く込み入った議論の末、追加の保険に入ることに同意させられていた。

スナックバーを出ると、外はだいぶ暗くなっていた。ぼくはハンドルを握った。だが車を出そうとするとルイザが、そう言えばあなた、キーを受け取ったときヘッドライトとダッシュボードの表示灯を確認し忘れたでしょ、だからいま、念のためチェックして、と指示してきた。そんなことする必要ない、この車は優秀だ、と言い返したが、ルイザは、悪いけど、と言って、聞く耳を持たなかった。そしていっときき車外に出て車幅灯を確かめると、何事にも用心しすぎるってことはないんだから、ときつい調子で言い、助手席に戻った。ぼくはエンジンをかけた。そのとき、滝のような雨が降ってきた。スナックバーの正面壁(ファサード)にずらりと吊り下げられていた色付きの電球が灯り、電気コードもろとも風に煽られて舞い踊った。ぼくは未舗装道路を、国道があると思われる方角に向けて走り出した。国道に出たら、接続道路を経て高速道路に入るつもりだった。ルイザに、嵐はじきに収まるさ、と声をかけた。なに、珍しいことじゃない、四月にちょっとした夕立に襲われるのは。ガイドブックにそう書いてあったよ。

3

泥溜まりのあいだを縫うようにして少し走った。スナックバーの電飾の小さな灯りが、バックミラーのなかでいつまでも踊っていた。灯りはまだ見えていた。雨はほとんど弱まらず、視界はゼロも同然だ。大きな雨粒が叩きつけるように車体に降り注いでいる。ぼくは雹まじりの嵐を危惧した。ガイドブックをちゃんと調べたのかルイザに訊かれた。四月が本当にシチリア旅行にちょうどいい時期なのかどうかと。それはさておき、ぼくは轍を避けながら右側を走り、高速道路の接続道路へつながる次の交差点を見落とさないように注意した。あと五百メートルぐらいだよ、ほら、ルイザ、もうすぐそこだ。ヘッドライトの助けを借りても、路肩はほとんど見えない。ぼくはルイザに、道を注意してよく見て、なにか危険に気づいたらすぐに知らせてくれと頼んだ。すると、いまそれを言う？ 的なことをあげつらわれた。そもそもあんなに慌てて高速を降りたのが間違いだったんじゃない、次の出口まで待てばいいものを、それにとにかく、こんな道に入るべきじゃなかったのよ、わたしにとってはそんなの、あたり前のことなのに。そう言って、彼女はため息をついた。でも、どうやらあなたにとっては……。すると次の瞬間、衝撃を感じた。なにかが車体に激しくぶつかった。右のフロントに。最初はメカ関連のトラブルかと思ったが、打撃があまりにも大きかったので、その可能性はすぐに頭から消えた。と言うよりも、なんらかの障害物にぶつかったのだろう。すぐに思いついたのは、スナックバーから見えていた送電塔のコンクリートの基部だった。気づかぬまま、路肩にはみ出して接触してしまったのかもしれない。たぶん。ぼくは左にハンドルを切り、道の真ん中に戻った。するとすぐさま、数メートル先、坂のてっぺんに国道との交差点が見えた。交差点は迂回路を示す黄色い矢印の下に置かれた〈道、譲れ〉の標識で示されていた。

スピードを落とし、いまのはなんだったんだ、とルイザに尋ねた。なにかにぶつかったのよ。彼女は道を照らすヘッドライトの光のなかで影のようなものを目にしていた。えっ、影のようなもの？　ぼくは不安に襲われた。車が受けたダメージは、間違いなく相当なものだったぞ！　ルイザは、よくわからない、とうわずった声で言った。こっち側のドアのほうにぶつかった。なにも見えなかったのか？　ええ、なんにも。そのときぼくは、スナックバーの駐車場の前にコンクリートを打設するための機材が置かれていたのを思い出した。ってことは、気づかずにあのなかのひとつにぶつかったのか……？　工事用車両かなにかに……？　そうかもな、すごい衝撃だったから……！　よくはわからないが……。するとルイザが車をとめるよう言い出した。雨脚がふたたび強まり、斜面の端のほうに車がスリップした。道は凸凹だらけで、車が傾いだ。もしかして溝にはまり込んだのかと不安になった。そうなった場合、どう考えても再発進は困難だ……。ぼくは車を停止させ、エンジンを切り、雨にもかかわらず運転席側のウィンドウを下ろした。雨音以外、外は静まり返っている。ぼくたちは押し黙ったままだった。いまこの瞬間に響いてくるのは、ルイザの喘ぐような息遣いだけだ。ぼくは自問した。よもや出口を通り過ぎてたり、別の道路に入ってたりなんてしてないよな。

闇に紛れてルイザの顔は見えなかった。彼女は右手をドアの側面に走らせ、内張りの布地をまさぐり、カシカシと音を立てながら爪で金属を引っかいていた。ドアの取っ手を探しているのだろう。落ち着け、と声をかけた。ルイザ、ぼくらのヴァカンスのことだけを考えるんだ！　おい、やめろ！　なんでもない、ちょっとぶつかっただけだ。ぼくにもよくわからないけど、それにしてもすごかったな！　ぼくの見るかぎり、ここではなにがあってもおかしくない……。だから行こう。車を出すぞ、いいな、安全運転で行くから。とにかく交差点まで、あそこだ、そんなに遠くない。ほんのすぐそこだ。

ルイザはついに手探りでドアをあけた。ぼくはドアを閉めるよう命じた。取っ手を引け、ルイザ、ドアを手前に引いてあとは手を出すな！　そしてそこに坐ってろ！　ルイザは確かめたがっていた。彼女は言った。影のようなものを見た、って言ったでしょ、そして車はなにかにぶつかった、よくわからないけど、あれは……。あれはなんだって言うんだ、ルイザ、おい？　あれは……、あれは……、そう、確かになにかの影だった。ぼくは冷静さを取り戻し、こう言ってやった。だったら、どう考えても動物だな、よくあることさ、ここにはいかにもいそうじゃないか、そこらへんをうろついてる獣（けもの）とか、犬とか。犬だとしたら、あの衝撃からしてかなりの大物だ。スナックバーの飼い犬かもな、ひょっとすると。スナックバーに犬がいるの、見たか？　さっきはバーテンダーとイタリア語でずいぶん話し込んでたじゃないか？

　ルイザは車外に出た。そしてあけ放したドアの前にいっとき立っていた。ぼくは身を乗り出して彼女の腕を引っ張った。彼女は言った。引き返そう、この車でバーまで戻ろう、万が一、ってことがあるでしょ。だめだ！　Uターンは無理だ、ルイザ。行くぞ。いいか、最後にもう一度だけ言う。車に戻れ……！　彼女は助手席に戻り、ドアを閉めた。

　ぼくは再発進させた。慎重に、アクセルを力任せに踏み込まずに。泥にタイヤを取られずに済んだので、思わず勝利の雄叫びが口を衝いて出てしまったに違いない。ルイザが、それってそんなに嬉しいこと？　と訊いてきた。視界は悪かったが、運のいいことに、雨脚は弱まっていた。国道に交わる手前で、側面に受けたあの衝撃は、もしかしたら人間とぶつかったときのものに匹敵するのかも、と思ったが、ルイザには黙っていた。もしそうだとしたら、最善の策はここを去ることだ。と同時に、ホテルに電話しておいたほうが賢明だろう。遅れることを前もって知らせるために。暗闇のせいで何時なのかまるで見当がつかなかった。ダッシュボードを見ても表示が暗すぎたし、手首を見ても文字盤が暗すぎた。だが、夜の遅い時間であるのは明らかだった。

ふたたび低速で路肩を進み、交差点で国道に入って百メートルほど慎重に走行した。それから土手沿いに車をとめ、エンジンを切り、ホテルの電話番号が記されたパンフレットを取り出そうとカバンを漁ったが見つからなかった。そのとき、スナックバーでアイスティーを飲んだ際、道路地図と一緒にパンフレットをテーブルに置いたことを思い出した。そのあと、なにをしたっけ？　地図を広げたんだった。つまり、あの道路地図の扱い、ウェイターとの会話、たまたま通りかかった別の客と交わしたちょっとしたやり取りに関するぼくの記憶に間違いがなければ、パンフレットがあの道路地図と同じ運命をたどったのは明らかだ。会話のあと、地図は冷たい柑橘系のフレーバーティーが入った二本の缶のとなりに置いてきた。そういうのはしょっちゅうだ。ぼくはよく、スマホもテーブルに置き忘れてしまう。

えっ、なに、スナックバーの奥のテーブルにホテルのパンフレットを置いてきた？ ルイザに訊き返された。つまり、電話はできないってことね。ぼくは言った。最善の策は——さっきの繰り返しだ——ここを去ることだ、即行で。いまでは車をとめたことを後悔していた。とにかく車を走らせなければならない。また雨になるかもしれないし、それに風のこともある。なあ、風が出てるの、感じたか？ タオルミーナに着くのは、ちょうど寝る頃だな。

ルイザに、まともな大人なら、スマホのアドレス帳にホテルの番号ぐらい入れとくのに、なんでしなかったのよ、と責められた。ぼくは、いまは相手を問い詰めてる場合じゃないだろ、と反論した。これについては、明日、たとえばプールサイドで一杯飲みながら落ち着いて話そうじゃないか。ひとつ忘れちゃいけないのは、ルイザ、ぼくらはシチリアにヴァカンスを過ごしに来たんだ、だからそのことに専念しよう。ぼくはふたたびエンジンをかけ、改めてバックミラーを調整し、すっかり陥没している連絡道路を数キロ走って高速道路に入った。

グローブボックスの下方に視線を向けた拍子に、ライトにかすかに照らされたルイザの脚が目に入った。出血していて、血の跡がてらてら光っている。だがぼくはそれについては一切触れなかった。これからはもっと慎重にしないとな、と注意し、北へ向かう道路を走りながらこんなふうに心許ない気持ちになっているのは、レンタカー会社のスタッフから釘を刺されたからだと考えた。彼女はぼくに警告した。シチリアはすばらしいところですが、不注意な、あるいは不運な観光客は肝を潰すことになります。運転にはくれぐれも注意なさってください。ぼくはルイザに自分の考えを打ち明けた。あの女性、ぼくらの印象とは違って、結局はすごくいい人だったんだな。追加の保険に入らせたのも、こっちを思ってのことだったのさ。

ぼくはルイザの肩に手を置き、うなじでカールした髪に軽く触れ、彼女の肌のぬくもりを感じた。そして、冒険の只中にいる気分だよ、と言った。幸運なことに、ぼくたちはふたりだった。なあ、ルイザ、あの道でなにがあったか定かじゃないが、つまりあの衝撃のことだが、おそらくゴタゴタは避けられたんじゃないか。海外旅行ってのは、いつだってなにかしらあるものだ。その一方で、気になってるんだよ。いったいどんな風の吹きまわしで、きみがなにがなんでもあのビーチに行きたがったのかって。ルイザは答えなかった。とにかく早く着きたがっていた。だがぼくの頭のなかでは、ホテルに行くのは難しいのではないか、という考えが芽生えていた。そして、なぜそれがそれほど難しいのか？　と考えた。それというのも、夜の夜中にホテルのドアベルを鳴らすのはまずいのではないか、という気がしているからで、そうルイザに話した。だって、みんなを起こしてしまうだろ、守衛だけじゃなくて。そんなことはしたくない。そもそもホテルから電話がないなんて驚きだ。こっちはホテルの番号を持ってないが、向こうはぼくらの番号を知ってるんだ。だからどうしたものかって思ってて、きみの意見も聞きたいんだが、ルイザ、この場合、こんなに遅くなっての到着をどう釈明すればいい？

ルイザにとっては、観光客のカップルがただ単にちょっとしたアクシデントや飛行機の遅延のせいで遅れるのは至極当然のことだった。そんなの、誰にでも起こりうることよ。ただ海沿いを進もうとしただけで、説明する必要なんてないってば、メルヴィル、道に迷ったかどうかなんて誰も気にしないし、わたしたちはもういい大人でしょ？

まっとうな不安かどうかは別にして、不安を、つまり犬の飼い主かあるいはなんらかの動物に追われているという不安を感じていたぼくは、そうした思いを自分の胸のなかにとどめたまま、なんの前置きもなく唐突に、ヘッドライトのか弱い光に照らされた案内標識のところでまたもや高速道路を降りた。錆びた板にかろうじて識別できる文字で、〈グラヴィネッラ・ディ・カターニア〉と記されているのが読み取れた。ぼくたちは細道を走った。それはエトナ山へ向かうものに違いなく、というか、どんどんきつくなっていく勾配からぼくはそう判断した。ルイザが訊いてきた。なんでまた行き先を変えたわけ？　こんな時間に……、ひとりで勝手に……。ぼくは言った。休まないとまずい、最初に通りかかった村で車をとめたかったんだ。そのあと、次の交差点にまたひとつ案内標識が現れた。〈ニコローゾ：右折、グラヴィネッラ：左折〉。ぼくはグラヴィネッラを選んだ。

4

広場はひっそりと静まり返っていた。目につくのは、一軒の食料品店と灯りだけ。ぼくは冷たい水のボトル一本とフルーツジュース、それにサンドイッチをふたつ買った。なぜだかすぐにはわからなかったが、この村に満ちている静けさにぼくの心は安らいだ。店の奥からかすかに映画のサウンドトラックが聞こえてくる。棚の上段に白黒テレビが置かれていた。ぼくは遠くからルイザに、五分くらいかかる、と声をかけてテレビの近くまで移動し、店の奥の倉庫の壁に寄りかかり、まずは映画のタイトルを推し量ろうとした。それから手をこのうえなくぎこちなく盛大に動かして、店主に消毒薬が欲しいと身振りで訴えると、相手は要求した品を差し出した。

ルイザがやってきた。ぼくは脚の傷を拭いてやった。彼女は店内にある椅子に腰を下ろし、されるがままだった。高い位置にあるテレビの画面に見入り、映画のストーリーに集中していた。ルイザもぼくと同じく、演じているのが世界的に有名なあの俳優だとわかった。そいつはちょうど士官服を着たもうひとりの男と話し込みながら、どこかの路地を歩いていた。ヴェニスだろうかとあたりをつけたが、確信はなかった。それから店の前に戻った。テーブルがいくつか置いてあった。ぼくたちはそこで店主の厚意にあずかり、小さな肉片が浮かんだスープらしきものを食べた。ルイザはその料理の名前を知っていて、それが彼女の父親であるゴッゾーリ教授の好物である旨を明言した。ルイザの母は、香辛料をガツンときかせたブイヨンで野菜とパスタを煮込んだこのスープをよくつくっていたらしい。

ぼくは店主に、タオルミーナにあるヴィア・デル・マーレというホテルを知っているか尋ねてみた。すると相手は微笑み、両手を青い上っ張りのポケットに突っ込むと、タオルミーナにホテルは事欠かないからね、と言った。無理みたいよ、とルイザが通訳した。多すぎてどれとは言えないって。たぶん百軒ぐらいはあるからねえ、電話帳なり、あんた方のスマホだかパソコンだかに入ってるアドレスなりを調べてみたって、永遠に見つからないんじゃないかな。店主は皮肉っぽく言った。だいたいこんな時間に、泊まるところのあてもなくグラヴィネッラに乗り込んでくるってのが、まずもって驚きですよ。だって、一応言っときますが、ここはタオルミーナとはまるっきり逆方向ですよ。店主は好奇心をくすぐられたらしく、どこから来たのか訊いてきたので、ぼくは唐突に会話を打ち切った。もちろん、カターニア空港に降り立ち、そのあと海の近くに車をとめ、まずはこの島の景色と海の眺望を静かに楽しもうとした事実を説明するはめに陥らないようにするためだ。というわけでぼくは、そんなのは火を見るより明らかだろうという口調で、北のパレルモのほうから来た、とだけ告げた。

店主はテラスの片付けをしていて、椅子をひとつずつ、背もたれをつかんで冷たい飲み物の自販機のとなりに積み上げていった。それからそれらを、素人向けの潜水用具やビーチトイといった観光客向けの小物を収めた棚が並ぶ壁にチェーンと南京錠でくくりつけた。ぼくは車に戻るようルイザに促した。彼女は助手席に坐り、出発できる態勢を整えると尋ねてきた。なんでタオルミーナにまっすぐ行こうとしないわけ？　なんでこんな寄り道をするの？　店の人の言うとおりよ、ここにこうしているなんて、なんだかばかみたい。

なんて言ったらいいんだろう、ルイザ、あの雰囲気、工事機材に囲まれたあのスナックバー……、立ち去って正解だったよ、絶対に。納得できないんだったらもう一度言うけど、ここでこうしてるほうがいいって。あそこじゃ知り合いもいないし。するとルイザは、ビーチまで歩いていくのにいったいどんな危険があったのかと訊いてきた。それにここにだって、このがらんとした村にだって、知り合いはいない。それにあそこでは、よく考えてよ、メルヴィル……、わたしたち、海を見るためちょっと散歩しただけじゃない。なんにも悪いことはしていない。

時計を見ると真夜中を過ぎていた。そこでぼくは食料品店に背を向け、店主の耳に入らないように小声で言った。心配するな、夜が明けたらタオルミーナに行く。そして着いたらすぐに、ホテルの人にトラブルがあったことを説明する。離陸時に問題があって、そのせいで遅れた、それだけだって。この先誰ひとり、あのスナックバーでもあの未舗装道路でも誰ひとり、ぼくらがどこから来たのか、ぼくらが何者なのか知ることはない。

　けれどもルイザによれば言いわけなど不要であり、彼女はそのことを改めて伝えてきた。ねえ、メルヴィル、そもそもこの話はすでに一度車のなかでしたでしょ。そのあと沈黙が降りた。彼女はウィンドウのほうに顔を向けて寝入るところだった。ぼくが助手席のシートに触れようとすると、彼女の体がびくっと震えた。頭をがくりと垂らして、どうにかこうにかまっすぐ坐り直した。いったいなにがどうなってこんな真夜中にこんな村にいることになったわけ？　ほんと、ちゃんと説明してほしいんだけど、メルヴィル。わたし、ここでいったいなにしてるの？　でもって、どうしていきなり高速を降りたのよ？　なあ、ルイザ、なにもかも知りたいって言うんなら説明してやるが、ぼくはまず尾けられてるって思ったんだ。ばかみたいに思うかもしれないけど、いいか、すっかり気が動転してしまったんだよ、あれのせいで。フロントにガツンときたあの衝撃のせいで。

食料品店の主人が庇(ひさし)を下ろし、店の灯りを消した。ぼくたちは店のとなり、無人の広場に面した村役場の建物の足元にいた。ルイザはもうひとつ質問を投げかけてきたが、それは尾けられているというぼくの不安にかかわるものだった。彼女は言った。はっきり言って、わたしたちに興味を持つ人なんていないと思うけど。メルヴィル、尾けられてるとか、考えすぎ。心配なのはわかるけど、さすがにそこまでじゃない。彼女はシートのくぼみで身を丸め、ブランケットをちょうだい、と言った。ぼくは答えた。レンタカーだから、そういう備えはないんだよ、膝掛けもブランケットも。ルイザはシートの背もたれを倒すと、右に左に体をひねり、なんとか寝られそうな体勢を探った。

誰かがウィンドウを叩いた。ぼくは身を起こした。目の前に食料品店の主人がいた。ドアをあけた。部屋がひとつ空いているらしい。ぼくは、間に合ってます、夜が明け次第、出発します、と応じた。だが向こうは納得せず、ルイザの側のドアをあけた。ほうっておいてくれませんか。ぼくは頼んだ。だが店主のところでは部屋がひとつ空いており、彼はぼくの妻を指さした。よろしければ奥さん、どうぞ、ほんの数時間でもかまいませんよ。

ルイザは車を出た。彼女はうんざりしていた。まさか車中で夜を過ごすことになるなんて、今日の今日まで一度も想像したことがなかった、と息巻いた。しかも、こんな車で。そのあいだ店主は、店のドアに背中をくっつけて腕組みをしていた。ルイザに助手席に戻るよう言うと、彼女は従った。ぼくは言い渡した。目立つことはしたくない。それって明らかじゃないか、だろ？ 彼女は問い返した。でも、いったいなんのために？ スナックバーの近くでなにかにぶつかったのをまだ気にしてるの？ だったら、メルヴィル、ほかにやり方があったんじゃない？ こっちの言うとおり、道を引き返せばよかったのよ。なのに例のごとく、このムッシューときたら、なんにも知ろうとしなかった。

彼女はふたたび車を出て食料品店の前まで行った。店主は屋内の常夜灯だけ点けていた。照明を背中で受けながらドアの前に立つ彼のシルエットが、冷蔵ショーケースから放たれるおぼろげな光のなかに浮かび上がっている。彼はじっと待ちかまえていた。背中にハーフベルトがついた青い上っ張りはすでに脱いでいた。そしてぼくは、彼の頭の上に、金網で覆われた紫色に光る電撃蚊取り器がぶら下がっていることにも気がついた。店主はルイザになかに入るようにいざなった。ぼくはふたりについていかざるをえなくなり、そんなわけで車外に出た。ハンドルに窮屈な姿勢を強いられて凝り固まってしまった筋肉の痛みをやわらげようと、右脚を揉んだ。

ルイザは店に入るやぼくに向き直り、責めるような目で見た。それは彼女の父親であるゴッゾーリ教授の、ぼくに対する厳しい目つきを思い起こさせるものだった。ぼくは店の前で待つことにしたが、やがて店のなか、ふたりが会話を交わしながらのぼっていった階段の下まで移動した。そこでもまたふたりの会話の内容はよくわからなかったが、どうやら店主の男はたいそう気のきくことに、ルイザの疲れ切った様子に気づいていたようだった。そこでぼくは、もしかしたらブランケットを借りられるんじゃないかと思った。返却の際には、ここを発つ前、きちんとたたんで店の前にある椅子のひとつに置いていけばいい。

まるで理由はわからなかったが、さらにまったくもって意外なことに、ぼくは改めてこの村に親しみを覚えた。そして自分でも驚いたことに、シチリアでの数日間を、タオルミーナの四つ星ホテルではなく、この小さな村で過ごすのも悪くないのではないかと考えた。小さな民俗博物館が入っている村役場の建物の前にある広場はいい感じにデザインされていて、アーモンドの木にぐるりと囲まれ、真ん中には谷を望む大きな半円形の見晴らし台が備えられている。闇に目を凝らしてみたがたいしたものは見えず、目に入ったのは、遠くのあちこちで点滅する正体不明の光だけだった。

ルイザが店主を従えて螺旋階段を下りてきた。部屋は気に入った、あそこなら泊まれるとの見解だった。そして店主に宿代を払うよう頼んできた。そこでぼくは、デラックスなホテルに泊まるというぼくの約束に言及した。そしてこう考えた。義父である医学博士は、娘がすでにホテルの部屋代を払い込んだのを知っている。そのうえで娘から、実は山中の辺鄙な村の民家のひと部屋で寝たのだと聞かされたら、いったいどんな反応を示すだろう？　ぼくは、説得を試みるのではなくあくまで穏やかな口調で、車のなかでおとなしく待てるんじゃないか、と応じた。妻がそばまで来た。そしてぼくの左右の手首をつかみ、ぼくをじっと観察していた店主に背を向けた。あのね、メルヴィル、この件についてはまるで意味不明なんだけど。せっかくすてきな部屋で夜を暖かく過ごせるっていうのに。とってもきちんとした部屋よ。なのにあなたときたら、拒むだけでなく、代わりに安物の車のフロントシートを差し出そうとする。ここで、つまりあの部屋で寝ないんだったら、いますぐ発ちましょう。ぼくは、慎重を期すためとこちらの遅れにかかわる諸般の事情のせいで、ぼくたちがとてもじゃないがホテルにすぐには向かえない状況に直面していることをひとつひとつ要点をおさらいするように説明した。ひょっとしたら次の交差点で追っ手が待ちかまえてるかもしれないんだぞ？　いいか、どんな可能性だってありうる。ほんの何時間かそこらのためにわざわざ部屋代を払う必要はない。というわけで、ここで、つまり車のなかで夜を過ごすべきだ。ぼくだってルイザ、きらいなわけじゃないさ、この村は。だが、村の食料品店に泊まるほどじゃない。

彼女がそこらを徘徊する動物というぼくの仮説をまたもや持ち出してきたので、言ってやった。やめてくれよ、確かにその可能性には触れたさ。そこらへんをうろつく動物とか、犬とか、ひょっとしたらスナックバーの飼い犬とか、あるいはそう思われてる犬とか。だが、いまとなってはそんなことを口走ったのを悔いている。だって、きみの頭のなかで今度は道端に犬がいたってことになってるんだからな。ぼくとしちゃ、いい加減にしろ！ って言いたいよ。するとルイザは、その場で状況を確認しなかったことでぼくを責めた。実際、彼女によれば、ぼくは迷わずすぐにその場を立ち去ったのであり、あの場合のベストな選択は、引き返してスナックバーのバーテンダーに起こった出来事を打ち明けることで、そうすれば向こうがぼくらを安心させてくれたかもしれないのだそうだ。あのね、人生はもっとシンプルなんだって、ちゃんと説明さえすれば。彼女は震えながらそう言うと、今度はぼくの手を握った。そして店主のところに戻っていった。夫が相変わらず難色を示してて、あの人の意向に従うことにしました。ぼくはと言えば、むしろ自分を正当化するため大声で伝えた。ちょっと考えなきゃならないことがあるんです、もう夜中の一時近くだし……。店主は枕をひとつ持って戻ってくると、ルイザに差し出した。ずいぶん冷えてきた。ぼくは言った。五分間エンジンをかけて暖房をつければ、我慢できるんじゃないか。ルイザは枕を腋の下に抱えてもう一度ぼくの手を取った。そこへ店主が、今度はウールのブランケットを持って現れたので、妻は拒まず受け取り、ぼくはこの男にいたく感謝した。

ぼくの願いはただひとつ、店主にぼくたちの来訪を忘れてもらうことだった。そしてぼくとしては、道端に横たわる動物の死骸が頭のなかを音もなくぐるぐるめぐっているかぎり、これまでの方針でいくつもりだった。

ルイザは寝る準備を整えていた。ぼくは店のシャッターを完全に下ろそうとしている店主に何度目かの感謝の言葉を伝えた。ぼくがなぜここに自分たちの足跡を残したくないのか、彼にきちんと説明したかった。トラブルのあれこれに見舞われずに事が進んでいたらどんなによかったか、伝えたかった。トラブルさえなければ、ぼくたちは見ず知らずの他人同士でいただろう。それにしても店主に事情を説明したいだなんて、自覚はしていたが、まったくどうかしている。というわけでルイザを相手に、自分の立場を、自分がしたことを、店主に訴えたいと思っているのと同じ言葉で説明しないと気持ちが収まらなくなった。彼女はため息をついた。面倒な人ね、メルヴィル、これ以上話をややこしくしないで、お願い、わたしもう、死ぬほど疲れてるんだから。そう言って、フロントシートで体を丸めた。車内がひどく狭かったせいで、とてつもなくつらそうな体勢だった。彼女は水平に倒した背もたれに肩をつけ、リアシートに置いた枕に顔をうずめていた。眠りに落ちる寸前だったが、まつげがまだ震えていた。ああした状態をなんて言えばいいんだろう？　寝入りばなかと思ったが、実際にはぼくの話を聞いていた。ぼくは話しつづけた。問題はカネじゃないんだ、ルイザ、わかってるだろうけど。ただ、誤って入り込んでしまったあの道で遭遇したあのばかげた障害物の一件を、みんなに忘れてほしいだけだ。ぼくは最後にもう一度、アーモンドの木に取り囲まれた広場に目をやった。広場は夜にのみ込まれていた。ルイザの気が変わった場合に備えて、店主は店のなかでまだ待機しているはずだ。そうぼくは考えた。

5

夜明けまでにはまだ時間があり、ぼくは寝ていなかった。ふと、ホテルの電話番号は確かに失くしてしまったかもしれないが、スマホの通信履歴に運よく旅行会社の番号を残しておいたのではないかという考えが浮かんだ。そこでスマホの画面をいそいそとタッチすると——残してなきゃアホすぎる……、そう、これだこれ——、果たして旅行会社の電話番号が見つかった。しばらく前から眠り込んでいるルイザを起こしてしまうかもしれないと懸念しつつも、ぼくはしっかり声に出して、けれどもささやくようにひとりごちた。メルヴィル、無駄に思い悩むな。なんだかんだ言ったって、タオルミーナほど有名な観光地で、名前がわかっているホテルを見つけ出すのはそんなに難しいことじゃない。

実はルイザはこのときも目覚めていた。そしてひどく驚いたことに、こう話しかけてきた。ねえ、メルヴィル、このちょっとした寄り道は、ヴァカンスのいい刺激になってる気がする。それに、あの男の人もとても親切だし。だってほら、わたしのためにわざわざブランケットまで持ってきてくれたんだから！　ぼくはいましがた灯りがついた食料品店の上階の窓を眺めながら車外に出た。ってことは、あの男もすでに起き出したのか。すこぶる早起きだとは聞いていたが、ぼくとしては、向こうが店をあける前にここを去りたかった。

ルイザがとなりにやってきた。半分寝ぼけていて髪が乱れ、肩にかけたウールのブランケットを、胸の前でクロスさせた両手でつかんでいる。その姿を見て、地震かなにかの自然災害の被災者みたいだと思ったが、すぐに現実に戻って言った。まずきみに必要なのは、シャワーをたっぷり浴びることだ。すると彼女は口を尖らせた。それだって、トイレとバスルームがないことだって、とんだハプニングよ。そして、海に入ればいいと言い出した。彼女はブランケットを丁寧にきちんとたたみ、野菜や果物を陳列する棚の上に置いた。朝の五時にこんなど田舎にいるなんて、ありえない。彼女はため息をついた。それからいま何時か訊いてきたので、ぼくは時間を確かめた。そしてこう慰めもした。心配しなくて大丈夫、数時間後にはホテルにいるから。

6

道はジグザグに下っていた。ぼくたちは岬で短い休憩を取った。岬には方位盤があって、そこに描かれた矢印の先には世界中の都市名が記されていた。遠くで海が輝いていたが、それはその瞬間、ルイザがピンを口にくわえて髪を束ねるのに使っていたピンクの布リボンの幅と同じぐらいにまで縮まっていた。ルイザは早速、例の海に入るという案をまた持ち出してきた。ぼくの頭に、ヴィア・デル・マーレ・ホテルのパンフレットに載っていたプールの写真が思い浮かんだ。なのに、今日は朝っぱらから海水浴か。

次の交差点でぼくは、いちばんわかりやすいルートである高速道路の方角に車を進めた。ルイザはぼくに、住所もわからないのにホテルを見つけられる気でいるのかと尋ねた。ぼくは肩をすくめた。もちろんだよ、愛しい人（シェリー）、そんなに難しいことじゃない、大丈夫、ぼくに任せろ。

ぼくたちは高速道路を跨いで国道に入ると、そのあと右に曲がり、海へ通じる凸凹道を走った。道なりにビーチ小屋が並んでいて、老朽化したそれらのバラックはこの季節、ドアも窓も締め切られていた。茂みに車がはまり込まないように注意しながら、昨日立ち寄ったスナックバーからじゅうぶん離れた場所にある斜面に車をとめた。

五分以上はだめだぞ。ルイザに釘を刺した。それというのもぼく自身、早くシャワーを浴びたかったからだ。彼女はビーチバッグからワンピースの水着を取り出すと、ペンキが剝げ落ちた小屋の陰で着替えた。ぼくは車のトランクをあけた。スーツケースを地面に直置きしてなかを漁り、バスタオルがないことに気がついた。それもそうよね、とルイザは認めた。だって、ホテルが準備するものと思ってたから。まっ、どうでもいい。ぼくはそう思い、小屋の足元に坐って待った。海へ向かってはやばやと駆け出していったルイザの背中が見えた。波打ち際に着いたときに彼女が大きな声でなにか叫んだのが聞こえてきたので――ぼくの名前に違いない――、ぼくは水の冷たさを思ってぶるりと震えた。

太陽はその時刻、朝靄を切り裂きながら大気を次第にぬくませていた。ぼくはその太陽と向き合いながら、ルイザが立てた水しぶきを遠くにみとめた。彼女は平泳ぎで浜から遠ざかっていった。ぼくの足元、ルイザのハンドバッグのなかでスマホが鳴った。ぼくは最初、こんな朝早くだというのに、いつものごとくマルスリーヌがかけてきたのかと思った。マルスリーヌはルイザの勤め先である国立科学研究センターのラボの秘書だ。だがスマホの画面から読み取れたのは、それがイタリア国内からの電話であることで、そのあとすぐに文字のメッセージも送られてきて、それはぼくたちが到着しないことを心配したホテルからのものだった。

ぼくは海水浴が終わるのを待つあいだ、小石や砂にまみれたプラスチックのビーチトイや割れた貝殻のあいだを縦に横に行ったり来たりしたあげく、ガタがきているベンチに寄りかかった。それからふたたび、ある種の鷹揚さを演出するにはこれだろうとぼくが考えるスタイルで、つまりポケットに両手を突っ込みながら、廃屋と化したビーチ小屋の並びの近くをぶらぶらした。ルイザから贈られた、ヌバック革の白いモカシンを汚さないように注意しながら。

そのあと海に向かって歩き出した。砂が濡れているところまで来るとモカシンを脱ぎ、チノパンの裾をまくり上げ、ルイザの足の跡をたどった。足形は南側の奥にある桟橋のほうに曲がって延びていた。ルイザはだだっ広い空間のなかの小さな黒い点でしかなかった。ぼくは桟橋に身を隠すようにし、小石や大量のごみを跳ねよけながら、不確かなコースをたどっていった。スマホを取り出して旅行代理店に電話をかけ、じきに着くとヴィア・デル・マーレ・ホテルに伝えてくれと頼み、そうすることでほっとした。それに電話を入れたことで、ルイザのスマホの画面でついさっき目にしたメッセージの送り主であるホテルの受付係に、ぼくたちの到着が一日遅れた理由を長々と言いわけしなくてもよくなった。

空がカターニア方面で雨を降らせてその水分を放出したせいで、気温が上がってきた。ぼくはヴァカンス先にシチリアを選んだみずからの先見の明に満足し、ルイザの近くまで行って彼女が海から出てくるのを待ち受け、スーツケースから引っ張り出していたぼくのシャツをタオル代わりに差し出した。そしてスマホを手渡した。彼女はメッセージを読んだ。ぼくは言った。ついさっき、旅行会社に連絡しておいた。万事順調、問題なし。

車に戻るとルイザはほっと息をつき、海に入れてよかったと言い、こう続けた。ホテルに連絡がついてひと安心ね。彼女はまだぼくのシャツを羽織っていた。それは膝に届く長さで、彼女にとって快適でエレガントなバスローブになっていた。そしていま、髪を振り、もつれを直そうとしたが無駄だった。水が足首を流れ落ちていった。寒いったらありゃしない、と彼女は言った。ころりと機嫌が変わり、おそらくぼくに向けられているのであろう非難めいた口調だった。実際、ルイザがこれほど冷たい海で泳いだことはない。例外はおそらく、ベルギーのオーステンデでの四月のある日のことで、彼女はそれを憶えていた。ぼくは少しいらついた。誰も水に入れと無理強いはしていない。今朝ここでだって、昨年北海のビーチでだって。だがそれは言わないでおいた。旅行会社との契約では、日程に氷風呂は入ってなかったんだけどね、とだけ切り返してニヤリとした。それでもすぐに真顔になり、車のドアをあけて坐るよう促しながら、我慢するしかないと言い渡した。だって、ホテルに着くまで熱いシャワーはお預けなんだから、ルイザ、このことはしっかり頭に入れておいてくれ。けれども彼女は、いまの状況をそれほど苦にしているようには見えなかった。

ルイザは衝立代わりにするため、いちばん近い小屋の背後にまわった。そして震えながら水着の肩ゴムを引っ張って腕を抜き、手早く水着を脱ぎはじめるとぼくに、道路と自分のあいだに立つよう命じた。通りかかる車など一台もないのだが、ぼくは彼女に背を向けて周囲に目を光らせた。

車に片手をつき、フロントフェンダーにもたれかかりながら片足立ちになった。そして逆さまにしたモカシンを何度もドアに打ちつけ、なかから砂が雨のように流れ落ちるのを見ていたときに気がついた。車のボディが、広範囲にわたって大きく凹んでいる。どう考えても昨日のあの衝撃によるものだ。ぼくはみずからのずぼらさと、状況によってはこの先事故の物証となりかねないものに気づけなかったおのれの無能さに唖然とした。

ひとつはっきりさせておこう。障害物にぶつかったドライバーは例外なく、どうしたってぼくと同じ行動に出る。つまり車を停止させるのだ。けれども年季の入ったドライバー——ぼくは必ずしもその範疇には入らない——は、すぐさまボディの状態を確認する。で、問題の車は——と、ぼくは心のなかでひとりごちた——レンタカーであり、ということは、いいか、メルヴィル、車を返すときなんて言えばいいのかよくよく考えないとまずいぞ。ぼくは返却のシーンを頭に思い描いた。当然すぐに気づかれる。そして窮地に立たされる。こちら側のフェンダーがなぜこんなに凹んでいるのか、説明する必要に迫られるからだ。事故についてなぜ黙っていたのかも。というわけでぼくは、熟慮の末に、いまは肝心なことに集中しようと決めた。肝心なこと、それはすなわちぼくがこうして考えを整理しているあいだ、ルイザの不安をむやみにかき立てないということだ。

そこでぼくはハンドルを握ると、手をさっとひと振りして伝えた。万事順調、じきに着く。ルイザは助手席に坐った。メルヴィル、ちょっと待って！　車を出す前にフロントガラスを拭かないと。砂のせいでなんにも見えないじゃない。彼女はそう言うと、食料品店で買い、中身の四分の三がすでに空になった水のボトルを差し出してきた。それからガイドブックの指示を読みながら、その日の予定を確認した。今日はタオルミーナを観光するのよね、崖上の地区には絶対行かないと。そこを訪れるには、と彼女は詳しく説明した。長い階段をのぼることになる。観光客に人気のロープウェイを使えば別だけど。ボトルから流れ落ちるミネラルウォーターが、フロントガラスの上でとくとくと小気味いい音を立てた。ぼくは手のひらで砂の薄膜を払った。実際、ルイザの言うとおりだった。フロントガラスはちゃんときれいにする必要があった。そのあと、ヴァカンスの一週間の日程の話に戻り、彼女は再度、時間があればあのとても親切だった男の人、グラヴィネッラのあの食料品店の主人に会いに行きたいと主張した。ああした予期せぬ出会いって、地元の人と触れ合ってるって気がするし、新しい出会い、それも旅先での出会いっていうのがいいのよね。

だがぼくはルイザの言うことをほとんど聞いていなかった。グラヴィネッラに行くとなると、すでにぎちぎちに詰まった旅のスケジュールから最低でも三時間はひねり出さないといけなくなるなと考えていたからだ。とはいえ、これに輪をかけて重要なこと、ぼくの頭を占めていたことは、事故を申告するため、空港のレンタカー会社に電話をかけなければならないという考えだった。これを避けては通れない。幸い、ぼくらは伊達に追加の保険に入ったわけじゃない。だがそう考えた自分を、ぼくは少々愚かしく思った。フロントフェンダーにあの衝撃を受けて以来、人目につかないことを第一にしてきた人間にとって、事故の申告は作戦失敗も同然ではないか。

タオルミーナへ向かう高速道路の出口まで一気に車を走らせたあと、ぼくは急遽方針を変えた。念のため、さらにはあの衝突時の状況を踏まえると――あれを引き起こしたのは周囲をうろついていた動物に違いないとぼくは踏んでいるのだが、絶対にそうだと言い切れるのか？――、トラブルを未然に防ぎたいなら、ボディに衝撃の痕跡をひとつも残さないようにするべきだろう。となると、こっちでなんとかしたほうがいい。つまり、自力で修理業者を見つけるのだ。

　ぼくはちらりと妻のほうをうかがった。彼女はリアシートにぼくのリネンのシャツをきれいにたたんで置いていた。ワンピースの水着も、少しあけておいたウィンドウから流れ込んでくる風のおかげで乾いていた。

　ぼくは高速道路を出て海沿いを走った。ルイザはいま、ヘッドレストにうなじをゆったりと預け、のんきにくつろぐ横顔を見せている。海水浴のおかげで機嫌がよくなったのを見て取り、ぼくは満足した。なにしろ彼女の顔が美しく輝いている。少しも意外ではなかったが、顔には波しぶきが残した小さな塩粒が散っていた。彼女は父親であるゴッゾーリ教授からプレゼントされた、イタリアっぽい名前のブランドの銀縁のサングラスをかけていた。このタイミングで、そのサングラスをかけるときみの魅力がぐんと引き立つね、と声をかけたほうがいいのだろうか？　それとも、すっかり腰が引けてしまったぼくには、たとえ小声であってもそんなことを口にするのは無理なのか？　それに実際のところ、なんて言えばいい？　愛してる？　一緒にいられて嬉しい？　あるいは、このところの口論の嵐を、ここ数日はふたりでうまくやり過ごせてほっとしてる？

　この件について蒸し返す気はないのだが、あくまで余談としてこれだけは指摘しておきたい。ほかのカップルと同じで、ぼくたちもときどき暴風域を通過する。そしてそのことが、ぼくたちのロマンスに波乱含みの様相を与えている。というわけでこのシチリア滞在中に、マルスリーヌ、つまり生命倫理ラボを率いているルイザの秘書にぼくが抱いた欲望の表出のあり方についてわざわざ話し合う必要はない、というか、ほとんどない。それにそもそもぼくは、ルイザの数ある浮気のうち最近のものについては口をつぐんでいようと思っている。それに関して別段なにも言うことはないし、あるとすれば、そのせいでこちらはひどく苦しんだということだけだ。ぼくとしてはただ、ここだけの話として、妻はぼくとは違い、ほとんどの場合ためらったりせず、さらにはほぼ例外なく不貞行為に走ったとだけ付け加えておきたい。

　彼女の前の前の愛人とは知り合いだった。もともとぼくの友人で、そいつとはある日、職安で列に並んでいるときに知り合った。ぼくはある求人に応募していて、最終的には報酬の安さと社用車を使えないことを理由に辞退した。その結果、くだんの幹部ポストはいまもまだ空いている。けれども、ぼくの知ったことじゃない。そしてルイザのほうは、この状況は果たしてある日終わりを迎えるのだろうか、と疑念を抱いていた。それというのも、仕事を見つけるのはさほど難しいわけではなく、望みさえすればいいからだ。結局は自分自身のプライドの問題なんだ。ぼくは彼女に説明した。けれどもルイザは、あなたが蹴ったのは、どれもこれも美味しいポストだったじゃない、と反論した。あのときだ、ぼくが友人になった例の若い男を彼女に紹介したのは。やつもぼくと同じく営業の仕事を探していた。そして彼女のひと晩かぎりの愛人になった。そんなふうに説明された。ひと晩かぎりだと。ひと晩かぎり。メルヴィル、この話はもうこれでおしまい。そもそもあの男ともうこの先会うつもりはないんだし。そんなわけでぼくの考えはつねに、ナンセンスきわまりないこの俗説に向かうのだった。妻というものは、誰かほかに男を愛さなければならなくなった場合、夫の親友を選ぶ、という説に。

まあいい、先へ進もう。

　ぼくは目指すホテルの名前が記された看板に気がついた。二百メートルほど先、半ば歩行者専用となっているエリアに入り口が見える。ガイドブックによるとね、崖下の地区も崖上と同じぐらい見どころがあるんだけど、混雑はまだマシみたい。ルイザは観光情報のおさらいをすると、栞を差し込んでタオルミーナのページで開いたままにしてあるガイドブックをこちらに差し出し、本文の欄外で紹介されている古代劇場などの必見の名所旧跡に付された四つ星を指さした。四つ星はね、壮麗壮大なものにつけられてるのよ。

　ぼくたちは二本のヤシの木に挟まれ、アーチ形をした錬鉄製のペディメントを戴くゲートをゆっくりと通り抜けた。海がぼくたちの右側に付き従ってきた。ルイザはこの間ずっと、昨夜の災難を忘れ去ってしまったかのように見えた。そしていまは小道の両側に広がる美しい熱帯庭園に見とれていた。ぼくに見られていることに気づいて微笑んできた。旅の目的地にたどり着いたことを喜んでいるのだろう。ホテルのレセプションの入り口まで、残すはわずか数十メートル。ぼくは、海水を湛えたプールのそばにお気楽なルイザを置き去りにする瞬間をじりじりと待った。

ぼくは慎重に切り出した。こんな些細なことで不安にさせたくないんだが、ルイザ、ぼくらは保険の問題に対処しないといけない。全然たいしたことじゃないってわかってるし、時間はある。だが、右のフロントフェンダーをもうちょっとちゃんと調べてみないとね。実際、確信はないんだが、ついてたような気もするんだよ、しっかりとぶつかった痕跡が。きみがどう思うかわからないけど、いちばんにすべきは、修理業者を探すことじゃないかな。

熱帯のエキゾチックな植物に見とれていたルイザは、追加の保険に入って正解だった、というような意見をそれとなく口にした。というわけで、こんな状況下でまさに保険を使うのは絶対にやめておいたほうがいい、と彼女に伝えるのが難しくなった。そのとき彼女が、駐車場のある右手のほう、大きく〈P〉と記された看板のある方向に曲がるよう指示してきた。〈P〉のあとにホテルの名前、〈ヴィア・デル・マーレ〉、続けて〈ようこそ〉が目に飛び込んできた。

待ちに待ったヴァカンスだという嬉しい実感が込み上げてきた。そして今回のヴァカンスは、いいか、シェリー、ぼくらにとってはお疲れさまのご褒美の意味合いがとりわけ強い。なあ、マジな話、ぼくの愛しのルイゼット、グラヴィネッラの広場で過ごしたひと晩は、額に飾って取っておかなきゃならないような記念の夜だ。ほんとに――とぼくは、上機嫌でジョークを飛ばした――、ぼくらのヴァカンスのこんな最高のプロローグはほかの誰にも思いつけなかったはずだ。ぼくは生け垣に沿って車をとめた。右のフロントフェンダーは茂みに隠れた。

7

受付係の若い女性はぼくたちを歓迎した。彼女は、彼女が言うところの今回の〝ちょっとした到着の遅れ〟についてすでに連絡を受けていた。ぼくはルイザに肩をすくめてみせた。まあ、向こうが〝ちょっとした〟って言うんなら、そうなんじゃないか？　さらに、離陸時のトラブルが原因と知って向こうは面白がっているようだった。部屋に行く前、ぼくはしばしばエントランスホールの前に立ち、車を観察した。ルイザは平石敷きの小道を進んで海水プールへ向かった。ぼくは彼女の名を呼び、振り返った瞬間、微笑みを浮かべたその姿を写真に収めた。実際、結局のところ、グラヴィネッラにちょっと寄り道したのはなかなかのアイディアだったのではないか、とぼくは思っていた。ふたりで行った最初の旅をぼくたちに思い出させてくれたのだから。そのあとデッキチェアにのんびり寝そべってプールタイムを楽しんでいるあいだも、ぼくとルイザは、ギリシャのデルフィとスコルピオス島を訪れたときのことを語り合った。

そしてそんな会話は、バスローブ姿で海を眺めながら過ごす午後の大半を通じて続けられた。その際、ぼくはウェイターにルイザ経由で、ひょっとして車の修理業者に伝手（つて）がないか尋ねてみた。

ホテルのウェイターは、修理業者にまつわるこちらの質問にいっとき考え込んだ。手にしていた布巾でグラスを拭きながら、じっくり記憶を探った。だがそれはうわべだけで、というのも明らかに、これは自信を持って言えるのだが、眉間にしわを寄せながら彼が頭のなかでしていたのは修理業者探しではなく、紹介料の値積もりだったからだ。ようやく彼は言った。少々お時間をください、ムッシュー。ぼくは、勤務中に時間を取らせるわけにはいかないな、と一応付け加えた。

するとルイザが、わたしたち、追加の保険に入ってたじゃない、と耳打ちしてきた。つまり彼女は、修理業者を紹介してくれるようウェイターに頼むことにどんな得があるのか理解していないのだ。そこでぼくは、彼女に間違いをわからせようと説得を試みた。たぶんきみの言い分が正しいんだろうけど、シェリー、万が一ってことがある、尋ねておいて損はない。

続けてぼくはアペリティフを注文し、次いでぼくたちは、熱帯の植物が植わった庭園の、ガラス屋根が付いたサロンのテーブルに落ち着いた。ほどなくしてウェイターがまた現れた。彼は注文の品として、スパークリングワインをベースにしたオレンジ色にきらめくアペリティフをふたつトレイに載せて運んできた。そしてぼくたちの前にグラスを置き、ガーネット色のナプキンとオリーブを添えた。彼はすでに答えを見つけていて、手配可能とのことだった。名前ですか？　それはわたしも知りません。ですが、そちらの事情は承知しているので大丈夫です。

ルイザは答えた。別に事情なんてないけど。

ぼくは修理業者が行う作業について他言しないようウェイターに念押しした。

さらに、こう付け加える必要もあった。旅の日程がすごくタイトなんだ。なにしろ一週間の滞在だから。明日はほら、アグリジェントに行くから、朝早くに出発することになる。というわけで、車を預けるのはあさっての水曜日になるだろうな、もし可能なら。その場合、その日はタオルミーナで過ごすことにする。それと、シラクーザとラグーザにも足を延ばす予定だ。だから、いいか、ぶつかった跡だけきれいに消してくれればそれでいい、それ以上は必要ない。ウェイターは、まずは車の状態を確認して、それからまた話し合いましょう、と応じた。そして共犯めいた口調で、まるでこちらを安心させるように続けた。なに、初めてじゃないですよ、旅行客に車の修理業者を紹介してくれと頼まれるのは。ウェイターの手に紙幣を一枚握らせると、相手は表情ひとつ変えずにポケットに入れた。それはちょっとした前金、信頼の証だった。それから彼は自分の義理の父親の名前を出し、それをルイザが通訳したが、それは言われる前からわかっていた。

8

　そのあと、すなわち夕食のあと、ぼくたちはホテルの部屋のバルコニーに坐って長いひとときを過ごした。バルコニーは庭園の真上にせり出していた。ルイザはイヴニングドレスからジーンズとアーモンドグリーンのジャケットに着替えていた。彼女は言った。ちょっと庭園を散歩してこようかな、夜気にあたったら気持ちがよさそうだから。ぼくは部屋に残り、ベッドに寝そべって妻の帰りを待っていたのだが、しばらくしてからようやく、ここは妻を追いかけるのが正解だと思い至った。

ホテルのエントランスは闇に沈んでいた。ぼくは床に埋め込まれた小さなランプで示された短いコースをたどってバーまで行ってみたが、カウンターにもレセプションの正面にあるメインラウンジにもルイザの姿はなかった。そのあと、ホテル内をあちこちさまよっていたぼくに気づいたスタッフが合図してくれたおかげで、庭園の入り口にいるルイザをようやく見つけた。彼女はテーブルについていた。テーブルにはハーブティーとアグリジェントのページが開かれたガイドブックが載っていた。彼女はメモを取っていた小さなスパイラルノートの上に万年筆を置いた。彼女のいる場所からぼくたちの部屋が見えた。わずかにあいたブラインドから漏れる紫がかった光が、バルコニーの夾竹桃を照らしている。ルイザはアグリジェントでの観光のスケジュールを説明した。まずは神殿の谷、次は歴史地区。時間があれば、たぶん大聖堂かな。それからふたりして道路地図でルートを調べた。

朝十一時に電話が鳴った。受付係はぼくたちがまだ姿を見せないので心配していた。それでもテーブルはまだ用意されていた。ぼくはドアノブにぶら下がっている〈起こさないでください〉のプレートをひっくり返した。そして妻を夢から引きずり出すと、ブレックファストルームで待ってる、と伝えた。彼女は正午頃にガイドブックを持って急ぎ足でやってきた。朝食は旅の見直しプランをぼくに伝える機会となった。遅くなっちゃったけど、国道89号線でアグリジェントに向かい、夜に同じ道で帰ってくるだけの時間はまだたっぷりあると思う。ぼくは彼女に、アグリジェントでなにをする予定だったか尋ねた。神殿の谷に行くんだってば、なにはさておき。言ったはずよ、ほんと、人の話を聞いてないんだから。唯一の変更点は、現地では時間をかけずにランチをとり、さっと市内を見てまわるだけにするってこと。でもって、泳ぐのは帰ってきてからにしましょう。

　ぼくはグリーンティーを、続いてルイザのためにイチゴのカップ盛りを注文した。外は太陽が照りつけていた。

9

　ヴィッラローザでガソリンを満タンにしているとき、ウェイターにその後の進展を確かめようとホテルに電話した。受付係の女性は、ロベルトは火曜は夜勤です、と言い、私用の電話番号をお教えすることはできません、とつれなかった。ぼくは凹みの存在にいらつきながらフロントフェンダーにかがみ込むと、それではロベルトにいつでも電話をくれるようお伝えください、と答えて通話を切り、スマホをダッシュボードに置いた。

　ガソリンスタンドの客はぼくたちだけだった。ルイザが近づいてきた。ぼくはセルフでガソリンを入れていた。メーターの数字がまわり、一リットル給油されるごとにチンとチャイムが鳴り、その音が周囲のしじまに消えていった。ルイザが体を寄せてきたので、空いている手で肩を抱いた。その瞬間、あの厄介な保険の話は蒸し返さないようにしようと思った。ぼくらはふたりともほかにするべきことがある。まずは失った時間を取り戻さなければならない。ぼくはノズルを戻し、給油キャップを閉めた。ルイザは店内に消えた。

ちょうどいい気温だったのに、店内は冷房がきいていた。クレジットカードで支払いを済ませたが、ルイザがカウンターに追加で冷たいドリンクとミントタブレットを置いた。それから建築雑誌を手に持って陳列棚をめぐると、今度は映画雑誌を素早くめくりながら、これ、メルヴィルにどうかな、と大きな声でひとりごちた。ありがとう、ルイザ、あとで一緒に見よう。ぼくは応じた。彼女は雑誌を戻すと、大半がタブロイド紙で占められている日刊紙のコーナーに移った。

そしてようやく、その日のトップ記事をじっくり読んだ。そこにはローマからパレルモにやってきた政治家の写真が載っていて、来訪したのは自分の農業振興策を支援するためだった。というか、それはあくまでぼくが大見出しを読んで解釈したことだったが、その理解で正しいかどうか確認はしなかった。一面にあるその記事の残りの部分は、難しくて翻訳不能だった。ぼくはそれについて黙っていた。そのことで妻を煩わせたくなかった。

というか、白状すると、そのときまったく別の事態が起こったのだ。クレジットカードを差し出していると、ルイザがレジのほうに突進してきた。どうしたルイザ？　ぼくは尋ねた。彼女は建築雑誌を折りたたみ、店員から手渡された小さなレジ袋にミントタブレット、次いで新聞を突っ込んだ。こちらの質問には答えなかった。

車に戻ると、ぼくは彼女の肩越しに、太文字ででかでかと記された見出しを読んだ――アチレアーレのビーチ前で子どもの遺体発見。となりに写真があり、草むらに横向きに倒れている子どもが写っている。ルイザがリード文を読みあげた。真夜中に発見された遺体は、野営地を抜け出した子どものものと判明……。

ぼくはイグニッションキーをまわした。するとルイザがまた車外に出て店の奥に消えたので、ぼくはエンジンをアイドリングさせて待機した。待っているあいだ、計量機の足元に置いてあった窓拭きのメンテナンス用品を使い、水を盛大にかけてフロントガラスをきれいにした。汚れが落ちにくい箇所は、虫取りスポンジも利用した。それはむしろ手持ち無沙汰からしたことであり、正直、フロントガラスは前日に拭いたので、それほど汚れていなかった。

ルイザが助手席に戻ってきた。ティッシュちょうだい。ぼくは掃除用具を置くと、リアシートに置いてあったビーチバッグからセロファンに包まれたティッシュの箱を取り出した。彼女は車のサンバイザーを下ろし、付属のミラーをあけた。そしてグローブボックスのなかに入れてあった化粧ポーチをカチャカチャかきまわすと、ケア用品を引っ張り出した。

おい、大丈夫か？　反応なし。肩に軽く触れただけなのに、向こうは身を引いてドアに寄りかかった。ぼくの行為が不適切、というか愚かだったことの証だ。ぼくは車を出した。最初のロータリーでアグリジェントの方向を指し示す標識が見えた。ぼくは高圧的な調子で、道路を見据えながら言った。このまま行くぞ。

アグリジェントに行くって言ったよな？　よし、行こう、このまままっすぐだ。ぼくはカルタニセッタのバイパスをフルスピードで通過した。だがその前に声をかけた。町に入って喉を潤そうか？

彼女は町に立ち寄るのを嫌がった。そうか、わかった、ルイザ、寄り道はなしってことで。だが彼女はそこから一、二キロ先で車をとめるよう命じた。ぼくは畑の真ん中に延びている小道に入ると、再発進に備え、車体の向きを変えて停車した。幹線道路の交通量は多く、閑散としていたのはガソリンスタンドだけだったことにいまさらながら気がついた。トラックや農家の幌付きバンが次々に走行していく。周囲の下方に広がる畑で女性の一群がなにやら収穫していたが、それがなんなのか興味はゼロだった。そもそもそんなものにぼくが興味を持つはずがない。ルイザの困惑を感じたので、ぼくは言いわけがましく言った。ここにとめたのは、ここならほかに誰もいないと思ったからだ。ルイザはドアをあけた。なんて気がきくこと！　彼女はぼくに向き直ってそうあてこすった。そのときの彼女のまなざしは、いまだかつてないほど荒々しかった。

10

あなた、いまもまだ、あの晩のあれが犬だったって言い切れる？　そう尋ねられて、ぼくは沈黙した。遠くのほう、トレーラーのまわりで忙しく立ち働いている女性たちに視線を向けた。距離はあったが、彼女たちの声が聞こえてきた。だがすぐに、風に乗って響いてきた小型トラクターのとめどない排気音にかき消された。暑さが居坐っていた。飛行機を降りたときとは、そして昨日のビーチとはえらい違いだ。ぼくは車を発進させた。

変更なしだ、このまままっすぐアグリジェントに行くぞ！　ぼくは改めて言った。きみのノートを確認してくれ、ルイザ、予定どおりだ。二十キロほど走らせたところでようやく、休憩を取りたいという妻に同意した。わたし、気持ちが悪い。トラックが何台も並んでいる駐車場に車を入れようとすると注意された。メルヴィル、人が多すぎる、もっと先にとめて。そこでさらに走った。

フロントフェンダーのあの激しい衝撃の記憶が生々しくはっきりとよみがえってきた。ぼくは衝撃を受ける直前の数秒間を思い出した。そしてそのときのことをルイザに説明した。なにかにぶつかったのは確かだ。だが、ルイザ、絶対に子どものはずがない！　彼女は異論を唱えなかった。助手席のサンバイザーが上がったままだったので、斜めから差し込む陽射しが、まぶたを閉じたルイザの顔に精彩を与えていた。道路から目を離すたびに、彼女の顔がちらちら目に入った。どう見積もってもアグリジェントまでまだ一時間半はかかるから、考える余裕はたっぷりある。

ひとつ言えるのは、ルイザ、とぼくはふたたび話しかけた。引き返すっていうのはいいアイディアじゃなかった。もしきみの言うとおりにしてたら、ぼくらは

Uターンしてた。きみはそうしたかったんだよな？　Uターンしたかったんだよな？　なんとしてでもあのスナックバーに戻りたかったんだよな？　憶えてるだろうが、ぼくはあそこのテーブルにホテルのパンフレットを置き忘れてきた……。で、メルヴィル、そのパンフレットを置き忘れたからって、なにがどう変わるわけ？　パンフレットがどうわたしに関係するの……？　ぼくは言った。いいか、ルイザ、あのときスナックバーに入っていく自分の姿を想像できるか？　きみはさっぱりわかってない！　考えてもみろよ、ぼくらは障害物にぶつかった。それでもってきみはそのあとすぐに、あそこに、あの問題のエリアに乗り込もうとしたわけだ……。マジか？　いや、ないないない。そんなことしたら、飛んで火にいるなんとかだ。なに言ってるのか、さっぱりなんだけど。ルイザはそう言い放つと、化粧ポーチの留め金をパチンと閉めた。そして繰り返した。わたし、すごく気持ちが悪い。

ぼくたちはある町のはずれで休憩を取った。すでにアグリジェント県に入っていた。ルイザは手のひらを腹にあてて車から出た。リコリス・キャンディ、ある？　ぼくは大型トラックが爆音を響かせながら猛スピードで行き交う片側二車線道路の歩道に出た。そしてシュガーコーティングされ、筒状に包装されたキャンディの銀紙をはがしてルイザに手渡しながら、薬局のネオンサインを探した。トラックの通過で風が起こるたびにルイザの髪が顔の両側で舞い上がり、ばさばさに乱れた。話し合いは無理だった。ぼくたちは車に戻った。騒音がひどかったので、ウィンドウを上げた。

11

ルイザ、ぼくの意見を聞きたいか？　実際のところ、リスクはゼロだ。ぼくらは誰にも見られてない。彼女は声を荒らげた。リスクはゼロって、誰にとって？ぼくは答えた。ぼくらふたりにとってだ。メルヴィル・アメットとルイザ・アメットとかいうふたりにとって。シチリア中にこのふたりを知る者はいない。いいか、あれは闇夜だった。現場には五分もいなかった。その場でちょっと話し合っただけだ。それで、なにが言いたいの、メルヴィル？　はっきり説明してよ、もう！

ぼくが言いたいのは、目撃者がいないとなると、きみの新聞のあの記事を書いた人物が端からそう決めてかかっているドライバーが引き起こした死亡事故なるものが、単なる事故になるってことだ。その場合、責任を問われる人はいない。だって、誰もなにも見てないんだから。わかるか？　この種の残念な出来事は誰の身にも起こりうる。まずはこう問いを立ててみよう。道の真ん中で、あのガキはいったいなにをしてたんだ？　どう思う？　ルイザの答え――それは、えーっと、歩いてたんでしょ……。ぼくは彼女の言葉を遮った。ああ、そうだよ、どんな子どもでもするように、舗装もされてない道のど真ん中を真夜中に、しかも雨のなか……！　そこじゃないでしょ、メルヴィル。問題はね、これがあなたの言うよくある事故として片付けられるようなものなのか、ってこと……。その子は死んでしまった。でももしかしたら、命を救えたかもしれない。

けどな、とぼくは反論した。それにはまず、あの衝撃が確かにその子によるものだと断言できることが条件だ。だってすべてがあやふやなんだから。実際、ぼくらがその子と行き合ったことを示す物証も証言もない。いいか、ルイザ、きみは海沿いのあの道を車で走った旅行者はぼくらだけだと思い込んでいる。そしてそこから、世間知らずのかわい子ちゃんであるきみは、闇にのまれていたあの時間帯にこのぼくらが道端にいたガキと出くわしたのだという結論を引き出してるんだ！　ぼくはね、自分の名前がメルヴィルだという明白な事実と同じくらい明白に、そんなことは微塵も考えてない。助けられたかもしれないっていうきみの考えには笑わされるよ。ひょんな偶然からぼくらはここ、シチリアのど真ん中で、名もない子どもがひとり、ビーチ近くの空き地の端で車に撥ねられて死んだっていうニュースを知ることになった。するときみは、自分がその死にかかわってるって感じてる。

そんなこと言ってるんじゃないって、メルヴィル、あなただってわかってるはず。少なくとも最後までこっちの話を聞いて。わたしが言いたいのはね、あのときわたしの意見に従って車から出ていれば、かなりの確率でその子を見つけたはずで、その場合、わたしたちは子どもを助けることが、命を救ってやることができたってこと。そんなこと、ありえるわけないだろ！　ルイザ、やめてくれよ。

あそこには誰もいなかった。雨が降ってて真っ暗な夜だった。そう言っただろ。だからまったく筋が通らない。ぼくのほうはいまだにこう考えてるし、これっぽっちも驚かないよ。つまり、あのへんをうろついてた動物とぶつかったんだって。犬とは言ってない。でも野生の動物だ。なんの動物かだって？　それはわからないが……。で、結局のところ、誰が言ってるんだ、ルイザ、ぼくらがやったと？

妻はなにも答えなかった。膝の上に置いた新聞にかがみ込み、記事をもう一度読むと、ウィンドウを下ろした。ちょっと新鮮な空気を吸いたくて、と彼女は言った。それから新聞を広げ、一枚一枚慎重にページをめくり、真ん中の見開きページにある写真、文章、でかでかと記された見出しからなる記事に行き着いた。彼女は記者の言葉を繰り返した。海からそう遠くないところにある移動野営地、だって。わたしたちがいた場所よ。記事にビーチの名前は書かれてないけど、場所はわかってて、アチレアーレの近く、小さな丘のすぐ後ろにある移民の野営地みたい。だからその子が道端にいたっていうのは、まったくもってありうる話だと思う。その子の家族によると、船でたどり着いたんだって。シラクーザの近くに上陸して、それから浜辺のあのあたりに移送されたとも書いてある。みんなわけがわからなくて、一帯を警察が捜索してるって。それでもひとつ考えられるのが、旅行者が誤ってあそこ、野営地の脇を通るあの道に迷い込んだっていう読みたい。なにしろ標識が杜撰だから。確かにそれはわたしたちも経験済みよね、そうでしょ、メルヴィル。

客観的に見て、こっちに落ち度があったかどうかは脇に置き、事態はぼくらが考えてるより深刻じゃない。そうぼくは断言した。はっきりさせておこう、ルイザ。ぼくの言うことをちゃんと理解してくれ。ぼくはなにも移民の子だからどうでもいいって言ってるわけじゃない。ただこういうのはよくあるはずだって思ってるんだ。だからおそらく、警察が犯人を追ってカターニア中を血眼になって捜すなんてことはない。そもそも犯人なんていないわけだし！

じゃ、あなたは、とルイザはそこで冷たく言い返した。移民の子どもの死なんて、数のうちにも入らないって言うわけ？　そんなふうにこっちは解釈したけど。それはきみの解釈だろ、ルイザ、ぼくが言いたかったのはそんなことじゃない。

そもそも知ってるだろ、ぼくはそんなことを言うようなやつじゃない……。言いたかったのはね、もしきみに聞く耳があればの話だが、警察が総力挙げて動くはずがないってことだ。どこの誰だか誰も知らない子ども、記事の言葉を借りれば、移民として流れ着いたばかりの子どものために。記事をちゃんと読めば、そういったことが書いてあるはずだ。だろ？　そうしたことを記者が書き忘れたとしたら、驚きだな。

ルイザはすぐにはなにも答えず、もう一度記事を読んだ。そしてしばらく考え込むと、言った。わたしたち、野営地から離れたところを通ったわけじゃない、わたしがいたところから、あの人たちの姿が見えた、ビーチへ向かおうとしたときに。いま思い出した。

沈黙が降りた……。ぼくは車から降りてあたりを少しうろうろした。さっさと車を出したほうがよさそうだ。ルイザに具合がよくなったか尋ね、ふたたびハンドルを握った。

12

一時間後、〈アグリジェントまで二十キロ〉と書かれた標識の前の路肩に車をとめると、ぼくはふたたび車外に出た。ルイザも車を降りて近づいてきた。こんなことになっていなけりゃよかったのに。彼女は心底そう思っているようだった。なぜここで？　なぜいま？　ねえ、メルヴィル。ぼくは、いったいなんの話をしているのか尋ねた。彼女は答えた。あの子が死んだことよ。

ルイザ、ほかに言いたいことは？　彼女はまっすぐに延びる道路を凝視した。ぼくはスマホを取り出すと、標識の下にいるルイザの写真を撮った。そして言った。もし仮にあの子がそうだとしたら、身につまされるよ。わざわざぼくの車に撥ねられに来たわけだから。ぼくだってこんなことになっていなけりゃよかったって思うよ、心から。さあ、ほら、笑顔を見せて。

結論はこれしかないというように、ルイザは断言した。わたしたち、警察に行くべきよ。やっぱりそうきたか……、だが、まさか、ここまできっぱり宣言するとはな……！　正直、ぼくは最初からこれを危惧していた。警察に行くと言い出すのを。ぼくは写真を撮りつづけるのと同時に口も動かした。だが今回は声音を変え、こちらのひどく消極的な意見を伝えた。ルイザ、きみがそんなことを思いつくなんてびっくりだな。頭が変になったかと思いそうだ。それとも、太陽のせいだと考えるべきなのか？　脳みそに照りつける太陽のせいで？　警察に行ったら、自分がやってもいない犯罪を暴露することになるんだぞ。彼女は言った。そんなこと、どうだっていい。

シャツを風にはためかせ、小石だらけの土手の起伏に富んだ地面を歩きつつ、ぼくは体がぐらつかないように注意して写真の構図を決めようとした。そしてそうしながら、自分が何度も妻の質問に答えなければならないはめに陥っているのに気づき、ってことは、これがずっと続くのか、と考えていた。

　というわけで、妻のこの新たな思いつきをなんとしてでも潰すべく、ふたたび口を開いた。警察に行くほうがずっと話は早いと思うよ、ルイザ。けど……、ひとつ言いたいんだが、警察に身柄を委ねるのは、原則的には過失を犯したときだ……。でもって、過失を犯してないときは？　少なくともきみが過失を犯したのを見たと、誰にもきっぱり言い切ることができないときは？　どんなふうにするつもりだ？　警官に両の手首を差し出して、自分がしでかしたことかどうかはよくわかりませんが、さあ、どうぞ、巡査部長、わたしを牢屋に入れてくださいって頼むのか？　きみが望んでるのはそれか？　牢屋に入れてもらうことか？　よく聞け、ルイザ。ぼくらはあの事故にはなんの関係もない。ここでひとつ、訊きたいことがある。きみが警察に赴いたからって、それでぼくらが現場にいた証拠になるのか？　それを実証するのは不可能だ。証拠が要るんだよ、証拠が。で、きみは、証拠を差し出すだけじゃなく、でっち上げようとしてる。

それにもうひとつ、気になることがある。たぶん、というか、万が一、というか、これはあくまで仮定の話なんだが、とにかく……捜査員が奇跡的にぼくらの痕跡を見つけたとしよう。ま、その時点ですでに驚きなんだが。だって、そんなことはありえないから。で、とにかく、その場合はすでに捜査員がホテルを訪ねてきてるはずだ。だが、ご安心あれ、誰も来ちゃいない！　それはなぜか？　それはぼくらがあのスナックバーを通り過ぎただけで、つまりほんのちょっとだけ立ち寄って、コーヒーとそのあとアイスティーを飲むだけで済ませたからさ。そして立ち去った……。あれ、無言になったな、ルイザ……？　じゃあ、もうひとつ、仮定の話をしよう。きみが思うに、いったい誰が証明できるんだ、あれを引き起こしたのがぼくらのレンタカーだって……？　ルイザは、自分はそれほどものを知らないばかじゃないと答え、人は誰でも行く先々で気づかないままつねにたくさんの痕跡を残していくものだと付け加えた。ありもしない考えにとらわれているのはあなたのほうよ、メルヴィル、お気の毒さま。事実を直視しなくっちゃ。わたしたちがふたりとも、事故のあと現場から逃走したという事実を。それがきみにとっての唯一の確かな事実なんだな、ルイザ？　ううん、ほかにもある！　フロントフェンダー。あれがどうなってるかはわかってるはず。昨日の夜、あなた、あの車を修理に出したがってたでしょ？　ぼくは黙り込んだ。だがしばらくすると、いかにも自信ありげな口調を装って言った。いつだってなにかしら解決策はあるものさ。この件についてはまたあとで話そう。問題を改めて検討するときに。

会話が途切れた。ルイザは張り詰めた表情で、考え込みながら土手沿いを少し歩いた。そして戻ってくると、先に口を開いた。警察に行くという案にはもう触れなかった。ぼくはその態度の変化に面食らった。ぼくとはもうじゅうぶん話し合ったと判断したのだろう、彼女の頭にいまあるのは、なにはさておきアグリジェントに行き、観光をし、そこで初めての景色に出会うことだった。ガイドブックの指示に従って。

13

ふたたび出発した。道路はいまや平原の真ん中を曲がりくねって延びていた。摩耗はしているがなんとか文字が読み取れる看板に、〈神殿の谷は右折〉とあった。そして目的地に近づいたいま、ぼくたちはスピードを落とし、あちこちに散らばる人群れや歩道沿いにとまっている車列を追い越していった。

いいか、これがこちらからの指示だ。ぼくは決然と言い放った。予定の変更は一切なし。あくまで自然に行動する。観光客のカップルなんて、掃いて捨てるほどいるありきたりな存在だ。

ルイザは膝のあいだに挟んでいたガイドブックを覗き込みながら念押しした。ってことは、今日は神殿を見て、明日はシラクーザ、あさってはラグーザってことね。忘れないで、メルヴィル、サヴォカに行くって約束したのを。ふつうの人間なら、シチリアに来たらサヴォカに行くものよ。山の上にあるこの村の名前を知らない人なんていないんだから。村の教会の階段のことも。ぼくはしつこく主張した。スケジュールに厳密に従わないといけない。ガイドブックに挟まれたメモに、きみの小さなスパイラルノートに何ページにもわたって記されてる日々の予定に従って。あの一件でぼくらはすでに大幅に時間をロスしてしまった。実質的にほぼ半日も。ぼくは繰り返した。ルイザ、予定を一切変えないかぎり、誰かがなにかを訊いてこないかぎり、ぼくらは部外者だ。よく頭に入れておいてくれ。どう逆立ちしたって、一年のこの時期にシチリアを訪れる観光客は、ぼくらだけじゃないってことを。

ぼくたちは神殿の入り口の前にある広場まで来た。建造物はぼくらの眼前に、見事なまでに直列してそそり立っていた。その瞬間、ルイザがこちらの話をもう聞いていないことに気がついた。古代の風景に見入っていた。そしてぼくのほうは、混雑の激しい駐車スペースに空きを見つけようと必死だった。遠くに海が霞んで見えた。やがてぼくはリネンの薄手のジャケットを羽織ると、入場券売り場の前にできている行列に加わった。その隙にもう一度ルイザに説明した。こうして列をつくっているこの大勢の観光客だって、あの空港に降り立ち、そのあとぼくらが近くまで行ったあのビーチのあたりを通ったんだ。ごく当然のこととして。

人の列が窓口に向かって進んでいった。ぼくはルイザのあとに付き従った。それでぼくがもし、これは偶然が引き起こした厄介事にすぎないって言ったらどう思う？　飛行機を降りた瞬間から、ぼくらがまさにあのルートを通るようすべてが決まっていたとか言ったら？　ほかのどこでもないあのスナックバーの前で休憩を取るよう運命づけられていたとか言ったら？　つまりぼくはそうとは知らないまま、見えざる手に導かれ、右へ進むあのどこにもつながらない脇道を選ぶ過ちを犯すようあらかじめ定められてたってことか？　そのうえ雨まで降り出して、ちょうどあの瞬間に闇に包まれることになってたのか？　ルイザは間隔を詰めて並んでいる観光客たちにさっと目を走らせ、ぼくをたしなめた。やめて、メルヴィル、その話はもうしないで、もうなにも言わないで、新聞の話もなし、わたしたち、観光してるんだから、わかった？

　彼女は指で入場料を知らせてきた。ぼくは紙幣を取り出すと、断言した。とどのつまり、もし責任のある人物がいるとしたら、それはあの子の父親なり母親だ。そもそも、いいか、あの移民のグループはみずから危険に身をさらしてたんだよな。高速道路の近くに住み着いたりして。ぼくだってはっきり憶えてるよ。ぼくも彼らをしげしげ見たからね。ぼくの言葉に彼女はこう応じた。わたしたちは、そう、わたしたちはね、メルヴィル、無責任な夫婦よ。とくにあなたは。そして怒りを込めて、こうまとめにかかった。まともなドライバーなら、正体不明の衝撃音が聞こえたら、即座に停止して車から出るものよ。

　これについてはぼくとしても異存はなかったし、同じ所見をすでに昨日、タオルミーナへ向かう道中に胸の内でつぶやいていたのだが、にもかかわらずぼくは、ルイザに反論した。賢明で良識があり、自分の責任をきちんと自覚しているドライバーなら誰だって、ぼくと同じ行動に出たはずさ。その点に関してぼくの主張は明快だ。ルイザはどこからどう見ても怒りに駆られていて、ぼくはそれを致し方ないとほうっておいたのだが、その彼女がこう尋ねてきた。あなたは職安に仕事を探しに行くときも、まあ、どのみち提示されたポストはいつだってご辞退申し上げてくるわけだけど、同じように責任ある行動を取ってるのかしら。悪いけど、そうは思えない、メルヴィル。

彼女はぼくの手から紙幣を抜き取ると、第一神殿の入り口にある窓口の平皿に置いた。見上げると、神殿の巨大な側面が目に入った。ぼくはなにも答えなかった。ただ、彼女の父親であるゴッゾーリ教授のことを考えた。教授は土曜日、空港の到着ロビーに間違いなく姿を見せ、娘を出迎えようとするはずだ。みずからの手でなにひとつ事をなし遂げたことのない婿殿と一緒に帰ってくる愛娘を。別にかまいやしない……。ルイザは入場券をハンドバッグにしまった。ぼくは例のばかげた事故についての議論に戻り、職安での話はあえて触れないようにした。

というわけでぼくは、うろたえることなく、そして今度はぼくのほうが結論を言い渡して話にケリをつけるため、事実にまつわる私見を告げた。道に迷うのは、どんなドライバーにだってあることさ。不案内な場所で、しかもよその車を運転して雨のなか悪路を走らなきゃならないときは。こんな状況で、どうやって道路脇をうろついている人間の存在を察知できるって言うんだ……？　どうやって？　説明してくれ、ルイザ、あの道にあのガキはいったいなにしに来たんだ？　実際のところ、そろそろ認識すべきだと思う。この一連のトラブルは、純粋に不運から生じたものであり、ぼくが思うに、なんらかの理由があってそうなったわけじゃないってことを。

窓口の女性スタッフがぼくに声をかけて釣り銭をよこしたので、ポケットに入れた。ぼくはうつむき加減で付け加えた。たまたまだよ、たまたまそうなっただけだ。でもって、状況はぼくらにとって厄介になっている。運がなかったとしか言いようがない。いいか、すべてはきみが泳ぎたいなんて言い出したからだ。でなきゃ、高速を降りるはずなどなかったんだから。

14

ルイザは神殿の道、緑の乏しい一帯に延びる大きな道を歩き進んだ。ぼくは神殿のあるこのアクロポリスを訪れたあと、ルイザが立てた予定に従って歴史地区のある旧市街を見てまわろうと考えていた。そうして予定を一切変更しないという取り決めを守り、ぼくらのこれまでのやり方を踏襲するつもりだった。

ルイザは考古学公園内のあちこちを、ためらいがちな足取りでめぐっていった。彼女はぼくに、全部ガイドブックに書いてある、と言った。そしてそこに載っているコメントを読み上げた。なにより詩的でロマンチックなのは、太陽が沈みはじめたときに列柱の溝彫り装飾を彩る影の戯れです。そのとき彼女は、光の加減でときに青みを帯びて見える石造りの円い柱のあいだを歩いていた。そして今度は、巨大なフリーズやらアーキトレーヴやらエンタブラチュアやらを頭上に仰ぎながら、地面すれすれに生えた草に覆われた小道を進んだ。ルイザは両手を大きく広げて持った地図を頼りに、向かうべき方向を見定めていた。ぼくはしょっちゅう足を止めたり方向転換をしたりする彼女を、一歩一歩着実に追いかけた。

ぼくたちは長いあいだ、ガイドブックを読んだルイザいわく、廃墟化した柱廊が特徴的なアポロン神殿、なるものの前にいた。紹介文によるとね、ここはユネスコの世界遺産に登録されてるんだって。そのあと、ぼくたちは日没よりずいぶん前に神殿の谷をあとにした。

目が痛くって。ルイザがこぼした。そしてハンドバッグをごそごそしたあと、ホテルの部屋のナイトテーブルにサングラスを置いてきてしまったと言った。ぼくたちは町のほうへ歩きつづけた。途中でぼくは、五分待つよう彼女に言った。点滅する薬局の電飾看板を見かけていた。店内に入り、サングラスは売っていますか、とどうにかこうにか尋ねた。そして彼女の顔にうまい具合に合いそうなブランドもののサングラスを買った。薬局の女性がいくつかアドバイスをくれた。ぼくは身振りを交えて、これは妻へのプレゼントなのだと伝えた。太陽のせいで目が痛くなってしまったのだと。さらに、薬局でブランドもののサングラスを買うのは初めてだとも。要するにぼくたちはたっぷりいろいろやり取りしたのだが、薬局の女性が言ったことをここでうんぬんすることはできない。まるで意味不明だったからだ。戻るとルイザが早速サングラスをかけた。そして太陽を正面から当惑気味に見据えた。でも、これでいけそう。

15

高台にある歴史地区の麓まで短い距離を移動したあと、ぼくたちは街へ通じる坂をのぼった。ルイザは青い表紙がついたガイドブックに視線を落としたまま、この坂は〈アテネの道〉と命名されているのだと説明した。ガイドブックはこの間ずっと、栞が挟まったアグリジェント地方アグリジェントのページが開かれていた。それからアルド・モーロ広場まで行き、そこでぼくはようやく、そろそろ帰らないとまずい、と妻に声をかけることに成功した。余裕がなくなっていた。予定の時間を大幅に超過していたが、シチリアで一週間を過ごすと決めた三月のあの日に立てたルートを、このまま一切変更なしでたどりつづけなければならなかった。

ルイザがなにを考えているかもわかっていた。ありのままに言えば、察していた。もう時間だよ、シェリー。ぼくは注意した。そろそろ駐車場に戻らないと。ルイザは脱力したような様子で動こうとしなかった。ぼくは彼女の首筋にほんの軽く手を添えた。彼女は見るからに疲れた顔でもう一度、神殿群の風景をぼくに指さした。沈んでいく太陽の光を受けて、石の青が紫に変わって翳っていた。そのあとぼくは歩きながらずっとひとつの思いにとらわれていた。言うなればなにもかもがバッドスタートだった、という思いに。

事実、疑念に駆られていたせいで、ホテルに帰ったぼくたちを、なにか嫌な出来事が待ち受けていないとは言い切れない気がしていた。それでも万事このまま続行しなければならない。というわけで大聖堂の前で足をとめ、テラスで休憩を取ることにした。妻の顔が生き生きと輝いていた。そんな印象は、軒を連ねる土産物店の上方、道の両端から張られた二枚のシェードの隙間から差し込む陽の光によって生まれたものだった。

そのあと、人混みに揉まれながら目抜き通りを下った。ぼくはホテルに電話して、ひょっとして誰かがぼくたちにメッセージを、たとえば修理業者の住所などを残していないか、ぼく宛になにか言伝てがないか尋ねてみた。受付係は、確かに手紙が一通届いていると言った。ぼくは開封するよう頼んだ。彼女はある住所を読み上げて、自動車整備の修理工場だと言った。ぼくはルイザに、安堵の気持ちを伝えた。その意味するところは、大雑把に言えばこうなる。これで危険はきれいさっぱり遠のいた。

ぼくは満足して彼女の耳にささやいた。とりあえず、修理業者は明日の朝から仕事に取りかかれる状態だと見ていいんじゃないか。もしそれまでのあいだに万が一、誰かずうずうしいやつがこの右のフェンダーについてなんやかやと訊いてきたら、観光シーズンにこの種の事故は珍しくないと言ってそいつの注意を逸らすことにしよう。今年のイースターは例年よりずいぶん時期が早いし、七月に比べたらもちろん人出は少ないが、観光シーズンであることには違いないわけだし。

駐車場に戻ると、ルイザは不安を増大させた。車のリアシートに置いてあった、一面に遺体の写真が載った新聞をふたたび目にしたからだ。彼女はもう一度記事を読もうとした。ぼくはポケットに両手を突っ込みながらじっと待った。肩掛けしていたジャケットが、そよ風を受けてさわさわと音を立てて揺れた。風は新聞のページも翻した。ルイザは本題に戻り、また同じことを言った。記事を読むと、現場の近くに確かに野営地があったって。だがぼくの意見はこうだった。そんな些細なことにこだわってもしょうがないだろ？　帰り支度をしたほうがいいんじゃないか？　ルイザはぼくの言葉を無視して記事を読みつづけた。二段落目に、子どもは猛スピードで走行してきた車とぶつかったに違いないって書いてある。ぼくは指摘した。おそらく新聞記者は、自分んとこのガキにあんな荒れ地をひとりでほっつき歩かせた親を免罪するためそう書いたんだろうな。どうとでも取れる書き方だ。

さらにその記者は、ビーチからさほど離れていないその道を確かに工事の車両がたくさん走行していたが、外国人観光客の車もあったと付け加えていた。警察が緊急配備を敷いていることや、この種の事故は手がかりが乏しいということも。

ルイザが前回教えてくれなかったこの最後の情報は、ぼくにとって安心材料に思われた。ぼくは今回の災難を、ぼくたちふたりの絆の強さを試すためのものだと解釈した。ルイザは新聞をめくり、この死亡事故にまつわるほかの記事を読んだ。それから新聞をリアシートに置くと、前方に進み出て、最後にもう一度、神殿群に見入った。

16

ヴィア・デル・マーレ・ホテルのウェイターがサロンを横切り、こちらにやってきた。どうしたんです、アメットさん？　お昼からずっと捜してたんですよ、心配していたところでした、受付にメッセージも残したんですけどね。なにも告げずに煙のように消えてしまうんだもの、そりゃ、こっちは心配しますよ。ぼくはいら立っている相手を落ち着かせたかったが、残念なことに相手の名前が思い出せなかった。とはいえ名前は前に受付係が口にしていたから、舌の先まで出かかってはいた。だが気まずくて尋ねることはできなかった。その代わり、言い返してやった。こっちの電話番号は受付の宿泊カードに載っていて、秘密でもなんでもないと思うけどね。それに言ったはずだぞ、アグリジェント観光は絶対外せないって、忘れたのか？

ぼくはウェイターをナビ役にして車を走らせ、タオルミーナのはずれ、観光客の喧騒を免れた地区にある修理工場の前までたどり着いた。彼は金ボタンと肩に飾り紐がついた給仕用の白いジャケットをまだ羽織っていた。ぼくに話しかけながら金属の扉をバンバン叩くと、やがて扉があいた。ふたりの男の姿が見えた。ひとりはターバンを巻き、もうひとりはアジア系と思しき男で、彼らはピットのなか、トラックの車台の下に潜り込んで働いていた。作業場の奥から発電機の作動音が聞こえてきた。ウェイターは早速、車の鍵をよこせと言った。二階にある事務所から整備士が出てきて、実のところこの男が社長なのだが、金属製の階段の手すり越しに身を乗り出した。そしてふたりでなにやら話し合った。ウェイターは肩を揺すってジャケットを整え、そのあとすばやい動作で袖口のボタンを直すと、車は翌朝返すということでいいか、と尋ねてきた。ぼくは了解の印にうなずいた。

　ホテルに戻ると、ルイザはプールサイドでぼくの帰りを待っていた。ぼくは、道端で見つかったあの子どもについてなにか新しい動きがあったかどうか目で問うた。彼女はただ、となりのデッキチェアの背もたれに立てかけてあった新聞を指し示した。どうやらアチレアーレのあの事故に関する記事が出ているらしい。だが写真はなかった。

　ルイザは心配そうな口調で、ちょっと考えてみたんだけど、と告白するように切り出した。明日の朝、事故現場を見に行ったら安心できるんじゃない？　そして言い足した。いまよりもっと安心できると思う。そんなことしたって無駄だよ、ルイザ。現場に行ったら、誤解されるだけだ。ぼくは自分の言葉に重みを持たせながら、一音一音区切るようにして言った。なぜあそこに戻るんだ？　いったいどんな名目で？　スナックバーのバーテンダーに挨拶するためか？　向こうがこっちを憶えてるか、怪しいものだけどね。それとも、難民の野営地をひと目見たくてやってきた、好奇心丸出しの旅行者のふりでもするつもりか？　どっちにしろ、ぼくがきみの意見になるほどそうですねと素直に従うことなど期待しないほうがいい。っていうか、戻るなんてことは許さない。するとルイザは告白の第二弾として、警察に行くっていう考えはきっぱり捨て去ったと表明した。そういうわけで、空気がやわらいだ。

明日はシラクーザだ。やりたいことが新たに続々と浮かんでくるだろう。車も戻ってくる。傷が消え、ちゃんと直って。仮にルイザの頭にまたぞろ事故現場に戻るなどという考えが浮かんでも、断念させる手立てを見つけてやる。だがルイザはそう甘くない。その証拠に、彼女といると、物事はいつだってシンプルには運ばない。とにかくぼくは懸念していたし、いつかはそういうものから卒業してくれることを願っていたのだが、案の定というか、こちらのそうした願いに反して、善を広めんとするルイザはまたひとつ別のアイディアを思いつき、しつこく主張しはじめた。人道支援団体を通じて、なんとしてでも被害者の家族に補償しなければと。

17

翌日、シラクーザに出発する前、ぼくたちはまずホテルのＡＴＭに寄り、そのあと太陽の下、長い石段をのぼって高台の地区に赴いた。ぼくは修理工場の金属の扉を叩いた。すると、バーナーを手にしたアジア系の整備士がドアをあけに来た。フライス盤が火花の束を散らすなか、ぼくたちは作業場を突っ切った。社長が二階の事務所から出てきた。彼は金属の手すりから身を乗り出すと、時間がなくて車はまだ見ていない、とのたまった。だが、問題なしだ、これから修理する、あのフェンダー、あれはもうちょっと待ってくれ。でも、約束しましたよね。ぼくは腹が立った。車を指さしながらフェンダーのそばまで行った。別に無理難題をお願いしたわけじゃないですよ！　事故の傷を跡形残さず消すよう頼んだだけで、それ以上でもそれ以下でもない、ですよね？　そして車を磨く。たいして難しいことじゃない。社長は階段を何歩か下りてきてうなずいた。すぐに済む、問題なしだ、ちゃんとやる、明日の朝までには出来上がってる。

あれこれ支障が出るのは目に見えていた。ぼくは社長に食ってかかった。事前に連絡することぐらいできたはずですよね、ホテルに電話すりゃいいんだから。社長は手すりに手を置いて階段の半分まで下りてくると、うちの従業員にそんな暇はなかったのだと応じた。さっき扉をあけてくれた男が地べたにバーナーのノズルを置き、ヘルメットを持ち上げた。そして親しげに微笑み、どうにもできなくてすみません、と言うように肩をすくめた。

ぼくは社長に、真面目に言ってるのか、それとも人をばかにしているのか問い質した。ここには、この街には、一週間の予定で滞在してるんですよ。ですがぼくとしては、そちらさえ差し支えなければ、まっとうな状態の車でこの街を出たいと思ってるんです。問題なしだ。社長は大声を張り上げた。この最後の言葉についていて、ルイザの通訳は不要だった。ぼくはさらに言い募った。で、こっちはどうやってシラクーザに？　原チャリにでも乗ってけと？

社長は地べたに近い最後の数段まで階段を下りてきた。予定より一日遅れで車を返すのにいったいなんの不都合があるんだ、と考えているに違いない。彼は車の前にしゃがみ込むと、プロの目で損害額を見積もった。だんなさん、それに奥さん、もう少々時間をください。社長がため息まじりに言い、従業員がふたたびバーナーを手にした。社長は立ち上がると、ウェストにギャザーが入ったオレンジ色のつなぎの埃を手のひらで払った。

夕方までには仕上がりますよ、そんな大層なものじゃないですから、このフェンダーの傷は。ただね、どうにも腑に落ちないんですよ、なんでこんなことになったのかって。だって、おたくさんたち、空港から来たんですよね？　距離は五十キロほどで、さして遠くない。だからね、いったいなにをどうすればこんな案配に新車を凹ませられるんだろうって。ホテルのウェイター、あれは義理の息子のロベルトです。で、言ってましたよ、やつが。おたくさんたち、飛ばしすぎてたって。ルイザは言い返した。ロベルトとかいうあの人は、でまかせを言ってるだけです。で、世間一般の常識として、自分がよく知りもしない事柄についてどのような態度を取るべきかはご存じですよね？　社長は両手をポケットに突っ込んだ。

ぼくはと言えば、あのウェイターにあれこれ詳細まで明かした憶えはなかった。ぼくは、今日の夕方でも遅すぎるんだが、とつぶやいた。そして、ほかにもろもろある頭痛の種のなかでもとくに、レンタカー会社に車を返すとき事故について申告しない場合に起こりうるリスクについて考えた。経験上、この種の仕事に就いている点検員はとりわけちまちま細かいのは知っていた。となれば、みずからトラブルを招く必要はない。

ルイザが扉口のほうへ向かった。音がうるさくて、と彼女は言いわけすると、バーナーを手にした男をそっと指さした。彼がいるいちばん奥の作業台の前に、フライス盤を扱っているターバン姿の従業員がやってきた。ぼくはアグリジェントを訪れて以来初めて、すなわち道端で死んだあの子どもの写真を目にして以来初めて、ルイザの瞳にうっすら涙が浮かんでいるのを見て取った。

　重い金属の扉を押して修理工場の外に出た。ぼくは当初、妻にヴァカンスらしいヴァカンスを、太陽がきらめくすばらしい旅をプレゼントしようと思っていた。あのとき、ぼくはこう考えた。太陽がきらめくヴァカンス以上に極上のものがあるだろうか。そしてその結果、申しわけないのだが、物事の成り行きにぼくは当惑していた。心の底から、このめちゃくちゃな話を終わりにしたかった。それにしてもなぜ、この話がめちゃくちゃなのか？　筋が通らないのか？　それは作業場の真ん中でいま油染みた雑巾で両手をぬぐっている社長が、自分の仕事をきちんと果たさなかったせいだ。

　ルイザは道路の端で焦れていた。ぼくに背中を向けていた。好都合だ。あの美しい緑の瞳を避けられる。なぜ美しいんだ、メルヴィル？　なぜそんなことをほざくんだ？　彼女の瞳をなぜそんなふうに形容する？　おまえはいま、彼女の一日を、おまえの一日を、みずからの不手際で台無しにしたばかりなんだぞ。さらには、わが妻のヴァカンスの丸々すべてを。これまでおまえは彼女の瞳なんて気にしたこともなかったのに、それがいま、このタイミングで見るわけだ。

ぼくは作業場に引き返した。社長は階段のところに戻って手すりに寄りかかり、バーナーを手にした従業員とちょうど話し込んでいた。社長は、義理の息子のロベルトが、士官の飾り紐みたいなのがついた例の白い上着を羽織ったあのうつけ者が、いったいどこに行ってしまったのか疑問に思っていて、従業員がそれに応じていた。ですよね、ロベルトさんったら、あることないことべらべらしゃべって、ったく、なにさまのつもりなんだか。社長は、だよな、と言い、それからぼくの姿をみとめて断言した。うちの者はちゃんと心得てるから大丈夫、これから取りかかる、そうカッカしなさんな。ぼくは言った。ああ、なるほど、これから作業に取りかかるんですね……！　そうですか……、その言葉を信じましょう。

そこにルイザが戻ってきたので驚いた。実際、彼女は決断を下していた。ここを出ましょう、もう行こう。そしてぼくの腕を引っ張った、そわそわと——ことによると、肘のあたりを軽くつねりさえしたかもしれない。彼女はきつい口調で言った。こんな人たちを相手にしたって、埒が明かないって。ぼくは従業員が見ている前で車に乗り込んでドアを閉め、ダッシュボードの上に車のキーがあることを確認し、じゃあ、もう行きますから、と宣言した。

ぼくはまず、ターバン姿の従業員がフライス盤をほっぽり出してぼくのために大きな金属の扉をあけにくるのを待った。彼は機械のような動作で、両開きの扉の片方を自分のほうに引き寄せた。遠くのほう、敷地の出口の先にある歩道まですでに行き着いているルイザが見えた。従業員がもう一方の扉もあけた。アクセルを踏むと、社長のオレンジ色のつなぎがいきなり目の前に飛び出してきた。禁止の印に、両腕をクロスさせている。ぼくは停止した。待ちなさい！　ぼくはウィンドウを下ろし、修理工場の扉口のところでとどまった。社長がターバン姿の従業員に命令し、その彼がぼくの車のドアをあけた。遠くの歩道に、カバンを斜めがけしたルイザが立っていた。けれども長く待ったりはしないだろう。いまにも道路を横断しそうだ。ぼくは不安だった。ぼくを置いて行ってしまうのではないか。たとえばグラヴィネッラに。かなりありそうな話じゃないか。ルイザはいつだって自分本位だ。ボンネットに両手をつき、フロントガラスを覗き込むようにして立っている社長が厭わしかった。こっちに向かってなにやら話していたが、言っていることはひとつもわからなかった。唯一理解できたのは、従業員にもなにか声をかけたということで、その従業員がぼくに車を降りるよう促した。

車外に出ると、社長が近づいてきた。これから作業しますよ、だんな、おたくの車をね。先に言ってくれりゃよかったのに、おたくらがあのホテルに泊まってるってことを。うちの娘をご存じのはずだ。そのことを、いましがた思い出したよ。いまはもうわかったから、大丈夫。すぐに交換する、おたくのフェンダーを。

ぼくはルイザのところに行き、うまくいった、社長の気が変わった、と伝えた。彼女は作業場に戻ることを了承した。社長は扉の前でずっとぼくを待っていた。きれいな雑巾で手をぬぐい、つなぎのポケットに携帯電話をしまっていた。正確にどのくらい時間がかかるか訊いてみた。二、三時間ってところだな、奥さんとそこで坐って待っててくれ。そう言うと、中庭の端にあるパラソルと、折りたたみ式のテーブルと椅子のセットを指さした。娘から全部聞いたよ。ホテルに着くのにトラブったそうだな。事情はわかった。こっちもな、ラジオを聴いてるからね。詳しい説明は要らんよ。悪いようにはせん、そうした観光客はおたくらだけじゃない……。

社長は修理工場の薄暗がりのなかにつかのま姿を消したかと思うと、いつのまにか車の前にいて、従業員に指示を出していた。それから戻ってきて、フェンダーの交換費用、部品代、人件費を足した総額を伝えてきた。そのあと、取り付けにかかる一時間あたりの作業料の値下げについて触れたが、金額はぼくにはわからなかった。ただ、〈友だち価格〉という言いまわしと、それに続くフレーズ、〈おたくらは娘と知り合いだから〉が聞き取れた。それと、〈前払いのほうがいい、現金でかまわない〉も。ぼくは数時間前にATMで何ユーロ引き出したか思い返し、修理代が高すぎると反論した。その直後、ルイザがパラソルに気づいて近づいてきた。社長はクーラーボックスに手を差し入れると、炭酸飲料を二本取り出し、プルタブを外した。ルイザはぼくの意見を訊かずに席につき、飲料缶の飲み口に油汚れが少しもついていないのを確認した。

社長はぼくのほうに手を差し出して言った。なんとかなるさ。おたくが大変な状況に陥ってるのはわかってる。おれはミケリーニ。ウェイターのロベルトは、娘のローザの婚約者だ。だがあいつはアホで、おたくがホテルの宿泊客だってことを伝えなかった。

彼はパラソルの下に陣取った。道路に背を向けているぼくの場所から、アジア系の従業員が通り過ぎるのが見えた。彼は右のヘッドライトの装置の取り外しにかかっている同僚に近づいていった。社長のほうは、唐突にこう口にした。よっぽどガツンときたんじゃないか、この事故は。ぼくはルイザが社長に、そんなこと、あなたに関係ないでしょ、といまにも楯突きそうになっている気配を感じた。社長はついでに、リアシートに放置されていた新聞の第一面に載っている死んだ子どもの写真を指さした。そしてぼそっとこぼした。ひでえ話だな。そしてもっと明瞭な声で言い足した。こういった出来事は珍しくない。だが、おたくらの状況からしたら、新聞を車のシートに丸見えのまま置きっぱなしにしないほうがいい。警察の注意を引きかねん。するとルイザに非難の目でにらまれた。ぼくは作業場に向かいながら、社長に言った。そうですよね、ミケリーニさん。そしてフロントシートを倒して新聞をつかむと、フェンダーの取り外しを終えようとしていたターバン姿の従業員からライターを借りた。外に置いてあった使い古しのドラム缶の上に新聞を置き、火をつけた。ひとつにはルイザに気づいてもらい、雑な人ねと非難されるのを避けるためであり、もうひとつにはぼく自身安心したかったからで、ぼくはミケリーニの気のきくアドバイスに感謝した。

　その彼はルイザに、もっと慎重にならんとな、と説いていた。いいか、うちの娘のところに警察が来たんだぞ、娘になんだかんだ尋ね、突っ込んだ捜査はしなかったものの、少ししたらまた出直してくると伝えたそうだ。憲兵は日曜以降にこのあたりで宿を取った自称カップルのふたり連れを捜してる。ローザによれば、やつらは長居こそしなかったが、ひとりの警部がやけに熱心だったそうだ。そいつはあの子どもが死んだ事故について調べてると説明し、難航してるとも語った。もっとも、あのガキがあんな時間にあんな場所にいなけりゃならない理由などひとつもなかったらしいんだが。とにかく、いいか、その警部はかなりの情報通に見えたそうだ。そいつはすでに子どもの両親が事故現場の近くで暮らしてるのを、今月始めから海岸のそばに住み着いていたのを知っている。その点について、やつは細かいことまで把握済みだ。だからこうしておたくらに説明してるんだ。ってのも、あの男は両親の無念を晴らすために動いてるんだから。地元じゃ有名で、名前はダコスタ。やつにとっちゃ、これが初めてってわけじゃない。道路沿いで暮らしてる不法移民にトラブルはつきものだ。野営してる連中にすでに聞き込みをしたって言ってたらしい。それによると、衝撃音のあと車が停止し、エンジンが切られたあと、数分かそこら物音ひとつしなかったそうだ。両親は一部始終を聞いていた。ってなわけで、この状況から考えられるのは、ドライバーが車から降りもしなかったってことだ。両親はまさか、自分たちの息子がその車に轢かれた直後だったとは思いもしなかったらしい。そのあと車はまた走り出した。びゅんと一直線に。だが、いいか、ダコスタは娘に言ったそうだ。ドアを閉める小さな音がした以外、なんにも聞こえなかったと。子どもをひとり撥ね飛ばしても、平気の平左でございって具合に。どうだろ、車にドスンときたら、ふつうは外に出るもんじゃないか、違うか……？　ってなわけで、おたくらに警告してるんだ、アメットさん。アメットさんっていうんだろ、娘がそう言ってたよ。いいか、警察が昨日からホテルをしらみ潰しにあたってる。で、おれはこう読んでるんだな。自動車修理工場に捜査の手が伸びるのも、時間の問題だって。こっちとしては、そのときにはもう、警察に来られたときにはもう、おたくらにはここからずらかってってもらいたい。こう見えてもな、考えれば考えるほど気になってるんだよ。娘と電話で話してからこっち、どうにも引っかかってね。ロベルトがない知恵を働かせてもう一度電話をかけてきて、おたくらがあのホテルに泊まってて、それをおれに言い忘れてたって伝えてきてからもうずっと。ご存じだろうが、あいつはそういうやつなんだ、ロベルトは。人さまの役に立ちたいとは思ってるんだが、言われたことがすっぽり頭から抜け落ちる。ザルもザル。あいつになにか命じると、あいつは承知したと応じるが、右の耳から左の耳へ、命令は素通りだ。例の白い上着を羽織ってしゃなりしゃなり、あの肩紐を見せびらかして歩くのはまあいい。どうすりゃ見栄えがよくなるか、ちゃんと心得てる。ってなわけで、あいつをほんのちょっとでも頼りにするのは難しい。おっと、ちょいと失敬。そう言うと、ミケリーニは作業場に消えた。

そして十五分後に戻ってきた。その間、ぼくらは炭酸飲料の残りをちびちび飲んでいた。彼は申しわけなかったと謝り、従業員の作業をちょっくら確認してきただけだ、と説明した。そして続けた。思ったより時間がかかりそうだ。ウィンカーがイカれてるんだが、部品はある、同じモデルってわけじゃないが。あと、ラジエータグリルにもちょっとばかり問題があって、まるっと交換したほうがいい。たぶん値段が高くなってしまうが、でもあとは心置きなく出発できる……、ATMまでひとっ走りしてくりゃいいさ。ルイザが不満を表明しなかったので、ぼくは社長に言った。なるほどけっこうです。ですが、言っときますが、これが最後ですよ、ミケリーニさん、修理代を釣り上げるのは。だが相手はすでに別の話題に移っていた。どうやらルイザにいくつか訊きたいことがあったようで、あんたのように若い観光客がなんでまたシチリアに滞在しようと思ったのか、と尋ねた。ルイザはその質問を冷たくあしらった。わたしにとって大事なのは、とにかくさっさと修理していただくことです。そしてたたみかけた。ずいぶんお高いですよね、あまりに高額です。社長はルイザの指摘を無視してこちらに向き直った。ひとつ、いまのいままで解せないことがあるんだが。きっちり理解するには、事の発端にまで、つまりロベルトから修理を要するこのフェンダーについて電話をもらったときにまで話を遡らないと。要するにこっちの疑問ってのはな、これだよ、アメットさん。おたくらはなんでまた、空港を出たあと国道を離れたんだ？ロベルトから話は聞いた。で、不思議に思ってんのさ。だって……こっちの理解に間違いがなければ、おたくらはルートを変え、直接ホテルには向かわなかったわけだ……それがね、なんでだろうって気になっててね。事故のほうはな、あんまりくよくよせんように言っておくが、たいしたことじゃない、そういうことはある。みんな慣れてるって言っても過言じゃない。だがな、なんでまた行き先を変えたんだ？　つまりなにがあったんだ……？　質問の意味、わかるか……？

ええ、わかりますよ。ごくごく単純なことです。いいですか、ミケリーニさん、ぼくらはシチリアに海を見に来た。だから、ビーチに行こうと思い立ったんです、なるたけ早く。だって、ほら、ぼくらはここに観光に来たわけですから。でも時間に制約があって、自由に使えるのはたった数日です……。でもって、海を眺めたあと、なんでまっすぐホテルに向かわなかったんだ？　部屋代はすでに払ってたんだろ。なんで高速を降りた？　で、その場合、どこのホテルに泊まったんだ？　とまあ、こっちはいろいろ知りたくてうずうずしてるのさ。娘が言ってたぞ、おたくらが着いたのは翌日になってからだって。憲兵隊にもそう説明したそうだ。そこでぼくは、進路を変更したのは安全を期してのことだったと説明した。ぼくは社長のほうに身を乗り出すと、社長にはお世話になってるので白状しますが、と声を落とした。ドンとなにかが車にぶつかったあと、追われてるんじゃないかって不安になったんです。ええ、わかってますよ、そう言われると一瞬、なんかズレてる気がするかもしれません。でも、そんなもんなんですよ、なぜかわかりませんが。それにこうも考えました。もう遅い、こんな時間にホテルにひょっこり姿を現して、守衛を起こしてしまうのもなんだなって。で、たいして考えもせずに、高速の最初の出口を出ちゃったんです……。ぼくはそこで間を置き、相手の反応をうかがった。半信半疑の様子だった。ぼくはさらに説明した。そのことに引っかかってるって言うのなら、ミケリーニさん、じゃあ、そうですね、ええ、ぼくは到着を遅らせたかったんです。スナックバーを出た直後にあの衝撃を受けたあと、ふと思ったんです。どこかの駐車場に車をとめて夜が明けるのを待つっていう手もあるなって。で、結局、おたくらはどっかの側溝ででも寝たのか？　で、結局、いいえ、ミケリーニさん、最初に通りかかった村に車をとめました。ぼくらはそれでよかったと思ってます。

ぼくは自分の答えがミケリーニの好奇心をくすぐったことに気がついた。ルイザとぼくがホテルに行く代わりに車中でひと晩過ごした事実に向こうは驚いていた。だってもう払ってたんだろ、部屋代は。彼は信じられないという顔で言った。ぼくは肩をすくめた。ルイザはそうした一連の質問へのいら立ちを抑えきれない顔でため息をついた。ミケリーニはさらにいっとき考え込むと、それからぼくに、あの夜にぼくらが立ち寄った村の名前を憶えているか尋ねた。ぼくは答えた。グラヴィネッラです。彼は驚きの声をあげた。だが、グラヴィネッラなんて、なんもないとこじゃないか、アイスクリーム屋があるくらいで！

ミケリーニは戸惑っているようだった。彼は、ことによると明日まで車をここに預けておいたほうがいいかもな、と思案顔でつぶやいた。あのホテルに戻るのは危険すぎる、カネさえ払ってもらえれば、今晩過ごす部屋を手配してやる、とも。するとルイザがその言葉を遮った。それには及びません。車に乗ってホテルに帰ります。ミケリーニは正直ちょっとびっくりしたような顔でルイザを眺めると、きっぱり言った。自覚してるかどうかは知らんが、奥さん、おたくらは警察に追われてるんですよ。

18

ミケリーニは自分のオフィスにぼくを引っ張っていき、ヘッダーにエンジンオイルのメーカーのロゴがあしらわれた手帳の紙面でざっと計算し、そのページを破ってぼくに手渡した。ぼくはホテルの向かいにあるATMで前もって引き出しておいた紙幣を取り出すと、一枚一枚数えながらデスクに並べた。結局金額が足りなかったので、不足分を引き出してくるから一時間後に戻る、と告げることになった。ミケリーニは、修理代を現金で受け取るまで直した車はここに留め置く、と応じた。そして忠告した。注意するんだぞ。つまりどうしろと？　ぼくは尋ねた。人目を引かないよう注意するんだ。そう言って彼は手帳に自分の携帯電話の番号を書き込むと、そのページも破ってこちらに差し出した。なにかあったら、この番号に。そのあと、ルイザさんはここで待てばいい、と言い、ぼくはこう返した。それじゃ、また。徒歩でタオルミーナの中心部まで行って、銀行を探してきます。

ぼくは緊張しながら現金を引き出したあと、バーの奥の席につき、目の前に置かれたダブルのエスプレッソを熱々のうちに飲んだ。そしてスマホを手にして、残高明細を確認した。請求額を踏まえると、修理代を五倍ぐらいふっかけられているのはわかっていた。修理工場の社長とのやり取りから、なんらかの組織を相手にしているのだろうと推察した。ぼくはその組織の少なくともふたりの名前を知っている。ミケリーニとロベルトだ。そこに、ヴィア・デル・マーレ・ホテルの受付係のローザも付け加えることができるだろう。そう考えると心強かった。ぼくに救いの手を伸ばせるのは、その組織の面々だけだからだ。だが同時に不安も覚えた。なにしろあの社長のぼったくりぶりはハンパない。ぼくは使えるカネを計算したあと、エスプレッソカップの底に残っていた甘い茶色の泡を小さなスプーンですくって味わった。

十五分後、大聖堂のファサードを通り過ぎた。いまこのファサードの前に妻がいて、あれこれ蘊蓄（うんちく）を垂れてくれていたらよかったのにと思った。古代劇場の入り口に面した歩道を進んでいると、彼女がここを観光する予定だったことを思い出した。状況からして、いまやまったく過去のものとなってしまった計画だ。そのあとぼくは、入り口の門の前に張り込んでいるかもしれない捜査員たちの目を欺くため、無害な観光客としてだらだらそこにとどまった。

いまや必要なのは観光客のなかに溶け込むことだった。ぼくは閉館時間をチェックするとその場を立ち去った。そのとき頭にあったのは唯一、現実離れした未来のシナリオで、それは修理工場の社長への支払いが済んだらすぐさま妻に古代劇場を見に行くことを提案するというものだった。

だが同時に、この先どこへ行ったらいいのかわからなかった。なにしろ、なんだかんだ言ってもチャンスはあるのだ。ごくわずかではあるが、チャンスはある。警察の注意を引かずにこの国を出るチャンスは。

ぼくは遠目に、修理工場のファサードの下方、大きく手書きされた〈ザザ・ミケリーニ、自動車整備〉の文字の下にあのレンタカーが置かれていることに気がついた。薄暗い修理工場とコントラストをなすように、ボディがその白さを際立たせている。ぼくは作業場のほうへ急ぎ足で直進した。するとそのとき、警官の制服が目に入った。それから右のほう、金属の大きな扉からほんの少し離れたところにある憲兵隊の車にも。車のドアはあいていた。ほかにもうひとり、青緑色の半袖シャツに白ベルトという制服に身を包んだ男がいて、そいつはどうやらひと気のない道路を見張っているようだった。男は作業場から現れたミケリーニと話をするため体の向きを変えた。ぼくが戻ってきたことに気づいたミケリーニが、相手の注意を逸らせようとしてくれたに違いない。ぼくはそのまま歩き進んだ。急ぐ様子を見せず、修理工場へと至る軌道の曲線を修正しながらごく自然な感じで建物を行き過ぎ、何気ないふうを装ってそのまま歩道を突き進んだ。そのあと、金網で囲われた一画の隅、壊れたエアコンのファンとモーターと、錆が浮いた道具類が打ち捨てられている草むらのあいだに隠れた。そして建物の裏手にあるその場所にじっと身を潜めながら、憲兵隊が去るのを待った。やがて連中の乗った車が、そう遠くないところを走り過ぎるのが見えた。

ミケリーニはカネを受け取った。紙幣を数えることも、このべらぼうな金額について説明することもなく、ただあのダミ声で報告した。ルイザさんはホテルに戻ったよ。いくつか入用な物があるとかで。そしてこう続けた。そのあとグラヴィネッラに行くらしい。引き留めようとはしたんだが。おれからしたら、アメットさん、こんな時間にホテルに行くのはうまい考えとは思えない。だが、おれなんぞにはとてもとても、なんて言えばいいんだか……、おたくの奥さん、あれは相当に我が強い。

というわけで、ぼくは崖下の地区に下りていく石段へと急いだ。社長には、夕方車を取りに来ます、と声をかけた。ことによると、夜になってしまうかもしれませんが。ミケリーニは、ダッシュボードの上にキーを置いておく、と約束した。彼はそう請け合う前に力を込めてぼくの手を長々と握り、この種の厄介事に見舞われるのはおたくが初めてじゃない、と改めて強調した。この種の厄介事？　ぼくは尋ねた。するとミケリーニは言った。なにを指すかはわかってるだろうに、あのガキのことだよ。そしてぼくに幸運を祈った。

ルイザはバス停の前の歩道でじっと待っていた。彼女は人の多い石段を避け、ロープウェイに向かった。ロープウェイはホテルからそう離れていない場所にぼくらを降ろした。ルイザがホテルのロビーに入り、ぼくはあとに続いた。受付係は歓迎する代わりに、警戒するような視線をルイザに向けた。その意味するところを、少なくともぼくはこう理解した。気をつけてください、ルイザさん、プールサイドにあの人たちがいます。あなたたちを捜しに来たんだと思います。とはいえ、受付係はわざわざぼくたちに知らせてくれた。警察はこれからすぐにあなた方の部屋を捜索するつもりです。判事の令状を待ってるところです。ぼくは、持ち物を取りに行く暇はない、危険すぎる、と妻を諭した。けれどもルイザは、小さなライティングデスクの抽斗(ひきだし)に自分のパスポートが入っているのだと説明した。あれがないとどこにも行けない。ぼくらは急いで上階に向かった。

19

スライド式のカードキーはちゃんと作動した。ぼくは心のなかで受付係に感謝した。ドアを閉めたあと、ルイザはためらうような表情で突っ立っていたが、混乱の只中で、パスポートはもはやライティングデスクの抽斗にはなく、ハンドバッグの奥底にある事実に思いあたった。彼女は謝罪した。廊下から足音が聞こえてきた。ぼくは大急ぎでルイザを、熱帯庭園の真上に張り出しているバルコニーに押し出した。そしてぎりぎりのタイミングでカーテンを引いた。その瞬間、マロングラッセ色の背広を着た男の姿が目に入った。たぶんあれがミケリーニの話していた、例のダコスタという警部だろう。とにかくその男はいかにも警部といった風采で、ミケリーニから実際にどんな見てくれかは聞いていなかったが、ぼくは見事そいつを見わけたと思った。

男は室内に入ると、窓の一部を覆っているカーテンから差し込むくぐもった光のなかで動きをとめた。連れの警官がバルコニーの反対側、敷地を取り囲む塀に面した窓をあけた。ダコスタは、というのもぼくが当の本人に違いないと踏んだからなのだが、じっと静止したままだった。彼は両足の踵に重心をかけてくるりと半回転しながらしげしげと部屋を眺めると、透明な手袋をはめた。バルコニーの窓にかかる薄手のチュール地と厚手の布地からなる二重のカーテンの背後で、ぼくはこれから長時間の辛抱を強いられるのだとすぐに悟った。なにしろ相手は部屋の真ん中でじっと突っ立ったままなのだ。ダコスタは当惑した様子で考え込んでいた。背広の上着の裾の下から差し入れた左手を、背中が痛くてストレッチが必要な人のように腰にあてがい、右手で顎をさすりながら。

ルイザが近づいてきて、ぼくの肩に頭を預けた。ぼくと同じくらい緊張しているのがわかった。彼女が警官の注意を、もっとひどいことにあの警部の注意を引いてしまうのではないかと気が気でなかった。窓の内側に設けられた鎧戸とカーテンの端の隙間から、ダコスタがルイザの服をクローゼットから取り出しているのがかろうじてうかがえた。彼が動くのに合わせて、ハンガーがレールを滑ってカチャカチャ鳴る金属音が聞こえてきた。警部は服のそれぞれをぐしゃっと丸めると、一枚一枚、ベッドの上、次いで床にぞんざいに放り投げていった。制服警官がシーツを引き剝がしてマットレスを持ち上げたので、服がずるりと床に落ちた。それからふたりはバスルームの床のタイルに、洗面台の上に取りつけられている棚の中身を払い落とした。ガラスの破片が見えた。トイレの小物はいまや部屋の寄せ木の床全体、バルコニーのフランス窓の前にまで飛び散っていた。警官が、ひっくり返したルイザのビーチバッグを伸ばした両腕で掲げ持ちながらいくつか質問を発したが、ダコスタは無言だった。床と、クローゼットとベッドのあいだに敷かれたブロンズ色のカーペットを調べるのに手一杯だったのだ。彼は証拠品を捜すプロとして、手順を踏んでじっくり作業を進めていった。ぼくは、ささやきひとつ漏らさぬように気をつけながらルイザを抱きしめた。

寄せ木の床に散らばっている服や小物を跨いでいたダコスタの足が、ナイトテーブルの前でぴたりととまった。カーテンの合わせ目のわずかな隙間から、ダコスタの顔の一部が覗き見えた。その瞬間、彼は左に移動して身をかがめた。そしてなにかを手にして陽光にかざしたが、ぼくにはその正体を判別するのは難しかった。彼は咳払いをすると、唇のあいだから満足げに軽く息を吐き、大きな声で警官に呼びかけた——そのとき初めて、ぼくは彼の声を聞いた。ほら、隊長、こんなものを見つけたぞ。こいつは興味深いな。とうとうダコスタ警部に身元をつかまれてしまった。それというのも、隊長と呼んだ男の眼前に彼が突きつけたのは、ぼくの公共交通機関の無料乗車パスだったからだ。職探しをしている人に支給されるやつで、旅に出る前、どれかのズボンの尻ポケットに入れっぱなしにしてたぶんぼくが自分で行方不明にしたものだ。ダコスタは写真をためつすがめつして言った。これで相手がどんなだかわかったぞ。

隊長は無言のままだった。雑然と散らばったハンガーやシューズ用品といったクローゼットの備品や、ルイザのパンプスやらエスパドリーユやらのなかで浮きまくっているホテル支給品のぼくのビーチサンダルに視線を向けながら、片手でルイザのビーチバッグをまさぐっていた。

警部は隊長の返事など端から期待していないようだった。ふたたび前かがみになると、テンポを緩めることなくぼくのシャツを引っかきまわし、今朝方ルイザがプールで使ったせいでまだ湿っているバスタオルを放り投げると、言った。野郎が捕まるのも時間の問題だ。

ほら！　そう言って彼は、ぼくの無料乗車パスを差し出した。これを一階にいるきみの同僚に渡してくれ。そしてヒュッと口笛を吹くと、したり顔で節をつけながら言った。あいつらは、あのお尋ね者のカップルは、いま頃どこでどうしているのやら。そのあと今度はバスルームの白黒タイルに目をやり、ごみ箱からクレジットカードの利用明細書を引っ張り出した。それはぼくが前日に気をきかせてビリビリに破って捨てておいたやつで、アグリジェントでサングラスを買ったときか、あるいはガソリンを満タンにしたときのものに違いない。ダコスタは紙切れをひとつひとつパズルのように組み合わせて、明細書を注意深く復元した。

警官はライティングデスクの抽斗をひっくり返して揺すった。ほら、見てください、警部。そう言って上司に、ルイザの小さなスパイラルノートを差し出した。ダコスタはノートを開くと、ゆっくりページをめくった。そうしながら、なんの反応も示さなかった。それから警官に、このノート、どこに、どの抽斗にあったんだ？　と尋ねた。そうだな、これにはきちんと目を通さないとな。そしてマットレスに腰を下ろして楽な姿勢を取ると、適当に開いたページを読みはじめた。おっ、あいつらの旅の日程じゃないか！　ダコスタは力を込めて言った。こういうのはいつだって役に立つ、まあ、その一方で、どうだかなっていう気もしてるんだが。とにかく、具体的にどうこうっていうものじゃない。だが……、万が一ってこともある。ダコスタは別のページに長々と目を落とすと、声をあげた。口座を管理してるのは女のほうだ！　で、男は現金を担当してる。だからって、これまたたいしたことはわからないが。彼はそのまま読み進めた。この女、日記をつけてるのか。おい、聞いてくれよ、隊長。到着するとすぐにこう書き記してるぞ——雨がぽつぽつ降ってるけど、この島で吸う空気はさわやかだ。女が書いたんだ、飛行場に降り立った直後に。すぐに海に入りたい、とも。海に入るのはとてもさわやかだもの、だとよ。そもそも女がメルヴィルに期待してるのは、っていうのもメルヴィルって何度も書きつけてるからなんだが、どうやらやつがきれいな砂浜のビーチを見つけることで、さらには、メルヴィルにしっかりしてほしい、とも綴ってる。だが、やつがいったいなににについてしっかりしなけりゃならないのか、それについてはさっぱりだ。ってことは思うに、やつらはここに来る前、仲違いをしたんじゃないか。女はすぐに噛みつきそうなタイプに思えるし、男のほうはなんとかカップルでいようと四苦八苦してる。個人的な印象では、いいか、隊長、わたしはこの種のことに鼻がきくんだ、これは絶対、女はよそに男をつくってるぞ。けれどもその一方で、子どもの死についてはまるで記載がない。受付係が言ってたが、たいそう美しい女だそうだ。とびきりエレガントだとさ。で、男のほうは、女のあとを追っかけてる。リードにつながれた犬よろしく、忠犬そのものって感じで、っていうか、のっけからそんな雰囲気だったらしい。これもまた、受付係の話だが。隅々まで読ませてもらうことにしよう、どんどん気になってきたぞ。しっかり読み込まんとな、このノート。女が夫について書いた箇所はとくに。そこから間違いなく、やつらの潜伏場所につながる情報が見つかるはずだ。

注釈をつけながらノートの内容を読み上げる作業はけっこうな時間続いた。ぼくは、この男がそんなふうにルイザのプライバシーにずかずか入りこむのを苦々しく思った。結局、警部は落胆しながらこう結論づけた。とりあえず、あいつらの居場所を特定するような情報はゼロだ。そのときぼくの心のなかで、自分がルイザの日記を一行たりとも読んだことのなかった事実を噛みしめた。ダコスタがスパイラルノートを警官に返すと、警官はそれをぼくの無料乗車パスを収めた透明なビニール袋に入れた。

ダコスタは捜索を続け、いまだに失望のにじむ声で警官に尋ねた。プールのほうはどうだ、とくに変わった点は……？　手がかりは……？　絶対このあたりにいるはずなんだが、とにかく辛抱だな……。駐車場は確かめたのか？　警官は、警部、バスルームにあった歯磨きグラスの破片で怪我しないように気をつけてくださいよ、と応じた。洗面台の隅に破片が落ちてるのを見ましたからね……。さらに言った。ここを掃除するおばさんは、えらく苦労するだろうなあ。その瞬間、ぼくはいつなんどき自分のスマホが鳴ったり、アラートメッセージが送られてきたりしてもおかしくないことに気がついた。というわけで、腕を動かさずにどうにかこうにか片手でスマホの電源を切った。

警官が言った。それでは、同僚たちのところに戻ることにします。ぼくは安堵の印にルイザの手首を握った。だがダコスタは警官を身振りで呼び止め、受付係を尋問するのを忘れてるぞ、と指摘した。わたしとしてはな、そもそも最初からあの受付係の女は知らないふりをしてるんじゃないかとにらんでるんだ。警官は、ええ、気になりますよね、では駐車場の監視は打ち切ります、と答えた。そうだな、隊長、それがいい。ダコスタはうなずいた……。それより周辺をあたってくれ、ほかのホテルに偽名で部屋を取った可能性もなきにしもあらずだ。その場合は面倒なことになるな。

それからふたりは、ルイザとぼく――連中はぼくらを〝逃亡犯〟と呼んだ――が捜査網から逃れるために使ったと考えられる方策を、優先度の高い順に並べていった。大枚賭けてもいいが、逃亡犯はこのあたりにいるはずだ。でなければ、隊長、ここに来るときみが言ったように、たぶんそれが正解かもしれないが、やつらはすでにメッシーナ方面へ逃げたんだろう。あのあたりはなにしろ車が多い。そう言うとダコスタは、ルイザのアームチェアにそろそろと慎重に腰を下ろした。逆光だったから、警官から手渡された縁広のフエルト帽(ボルサリーノ)をかぶった背広姿のダコスタの横顔をぎりぎりなんとかみとめるのが精一杯だった。彼は、捜索の際に飛び散ったガラスの破片を懸念したのだろう、手でベルベットの座面を払うと、興奮した声で言った。これまで気づかなかったが、われわれが相手にしてるのは――つまりぼくのことだ――、隠蔽工作の達人ってわけか。

ダコスタのスマホが鳴った。彼は片耳にスマホをあてがい応答した。よし、でかした。そのあと、数秒の間を置いてさらに言った。……動くんじゃないぞ、誰にもさわらせるな。そして通話を切った。車が見つかったそうだ。だからといって、とくに手がかりはなかったようだが。協力者がいるのかどうかはわからないが、ひとつ言えるのは、ここ、このホテルでは、みなが口をつぐもうとしてるってことだ。きみが尋問するんだよな、あの受付係を？　ウェイターも忘れるなよ、ロベルトとかいう。わたしに対してあいつは貝みたいにだんまりだ。だがあれは絶対事情に通じてる。つまりあの逃亡犯のカップルはさほど遠くには行ってない。これまでは警察の手のあいだをうまいことかいくぐられてしまったが、そんなのはじきにおしまいだ。ちくしょう！　車の修理のこと、もっと早くに思いつくべきだったな、火を見るより明らかじゃないか。事故のあと、車についた跡を隠そうとするのはよくあることだ。だがやつの場合は……子どもを殺したんだぞ！なに、時間の問題だ。なにしろふたり連れだ、カップルで身を隠すのは容易じゃない……おい、聞こえてるか、隊長……？　ダコスタは立ち上がると、ふたたびかがみ込み、ぼくのスーツケースの取っ手をつかんで揺さぶった。新たな手がかりを求めてのことだろうが、なにも見つからなかった。それから再度バスルームに赴いた。声が響いてきた……ひとつ忘れてた、隊長、スタッフの名簿を見せてもらうよう頼んでくれ。あれはいつだって有力な情報源だ。白い上着を着込んだあの善人面のウェイター、あれは絶対なにか事情を知ってるはずだ。単なる山勘じゃない。あいつも尋問に呼んだんだよな……？　ええ、ほかのスタッフと一緒にホールで待機しています、警部。

ひとりになったダコスタはずっと考え込んでいた。ほかに手がかりが見つからないことに落胆した様子だった。彼はぼくのビーチサンダルを蹴り飛ばした。ぼくはとっさにルイザの口を手でふさいだ。彼女が思わず声をあげ、ここに隠れていることがバレてしまうのを恐れたからだ。彼女の耳元でささやいた。じっとしてるんだ。たとえささやき声であっても、ぼくの声の息遣いにダコスタが気づいてしまうのではないかと怖かった。だが警部はまずしわくちゃの服を、次に虚しくひっくり返ったライティングデスクの抽斗を跨ぐと、悔しそうに後ろ向きで部屋を出ていった。

20

ぼくたちはレセプションホールでの慌ただしい警察の捜査が終わるのを待った。ようやく静けさが戻ってきた。ぼくは部屋の外を覗き見た。どうやら尋問は終わったようだ。ルイザはバルコニーにとどまったまま壁に張りつき、首だけ伸ばして地面までの距離を目算しながら請け合った。誰にも見られずこっそりホテルから出たいんだったら、わたし、庭に飛び下りることはできると思う。そんなの、ばかばかしいにもほどがある。ぼくはそう返事すると、ミケリーニに電話をかけた。そしてカネという語を口にした。あの修理工場の社長が理解できそうな唯一の言葉であり、彼を動かす絶対的な力を持っているからだ。そのあと、あの社長を相手にしなければならない人にとっての魔法の呪文である現金、次いでキャッシュカードという単語も。さらに銀行口座という熟語について、自分の妻のそれはとりわけ潤っていることをほのめかした。

この点に関してルイザに、どうやって彼女の父親にカネを返すつもりなのか尋ねられた。それというのもぼくが使っていたのは夫婦の共同口座で、そのほぼ全額が舅であるゴッゾーリ教授からの入金で賄われていたからだ。ぼくは答えた。いま優先すべきは、すまないがルイザ、この口座のカネがどうこうという問題ではなく、ここからどうやって抜け出すかだよ。彼女はホテルの部屋、しわくちゃになったドレス、そしてほんの一週間の滞在のために持参したぼくらの数少ない衣類を眺めた。それからアームチェアの隅に腰を下ろすと、気落ちしたようにため息をつきながらぐったりと肘掛けにもたれかかった。

ミケリーニは手短に電話を切り上げた。だがその後も状況を検討し、電話をかけ直してきて解決策を提示した。彼は、おたくらはまだぐずぐずホテルの部屋でいったいなにをしているんだ、と尋ね、どれだけラッキーかわかってないようだが、警察に捕まらなかったのは奇跡なんだぞ、と繰り返した。だからよく聞け、アメットさん、こっちの言うとおりにしろ。つまり、おれの指示に従え、しっかり文字どおりに。まず、そっちの居場所を正確に教えろ。ぼくらがいるのはヴィア・デル・マーレ・ホテルです。ホテルにいるのはわかってる。そうじゃなくて、ホテルのどこにいる？　ぼくらの部屋です。部屋はどうなってる？　部屋は捜索を受けました。ぼくはそう答えながらルイザに目で確認を取ると、彼女は、了解の印にうなずいた。

おたくらはそこにいろ。ミケリーニは先を続けた。迎えに行く……。ぼくは、わかりました、と答えて尋ねた。でも、どこへ行くんですか？　とにかくいまはアメットさん、おたくらを安全な場所に避難させるのが先だ。いいな？　そこにじっとしてるんだ。おたくらはいま、とんでもない窮地にいる。五分でケリがつく。警察があとを追っている。このままだととっ捕まる。ぼくは、わかりました、了解です、と繰り返した。じゃあ、待ってるんだ、アメットさん、まずはホテル内が静かになったことを確かめんと。で、そのあとだが、いいんだな、大丈夫だな……？　おたくらをそこから出す作戦に取り掛かってもかまわんのだな……。ぼくはミケリーニに、小切手帳も持ってます、と答えた。ですが、まずは銀行のキャッシュカードを使います。二枚あるんですよ、とぼくは付け加えた。これ以上なにがお望みです？　それでけっこうだ、アメットさん。われわれは互いによきパートナーで、おたくらは信頼に足る人たちだ。おたくらふたりを脱出させてやる。で、この場合、ロベルトの出番になるな。運のいいことに、あいつはおたくらと顔見知りだ。車を一台、用意する。ホテルの前の通りにとめる。おたくらは待っててくれ。そしてロベルトが現れたら、やつのあとについていけ。質問はするな、もたもたもするな。持ち物は最低限に抑えろ。小さなバッグひとつだけだ。パスポートを忘れるな。で、車に乗る。運転手がお望みの場所に連れていく。とにかくいまいる肥溜めから抜け出すのが先決だ。現時点では、とぼくは言った。正直、ミケリーニさん、どこに行けばいいのかわかりません。なにしろ、あまりにも急なことで。

だったらとにかく、ロベルトが早急に準備を整えて、おたくらをまずはホテルの外に連れ出す。あとのことはおいおい……、そこでぼくは相手の言葉を遮った。そうだ！　待ってください……！　どこに行けばいいのかわかりました。そんな遠くじゃありません。ぼくはスマホを手のひらに置き、ルイザと視線を交わしてうなずき合った。彼女はぼくがミケリーニに、奇跡的に解決策が見つかりました、グラヴィネッラに行きます、と答えるのを聞いてほっとした表情を見せた。修理工場の社長のダミ声が響いてきた。承知した、問題なしだ。ぼくらは無言のましばらくバルコニーにとどまっていた。ノックの音がして、ドアの隙間からロベルトの飾り紐のついた上着が見えた。

21

ロベルトは国道に入り、シラクーザ方面に車を走らせた。そして交差点でグラヴィネッラへ通じる左の道を取った。ぼくたちは村の広場でウィンドウをあけたまま駐車した。そしていま、ぼくはロベルトに、このあとのことを訊きたいんだが、と声をかけた。ミケリーニからはロベルトが付き添うことになると伝えられていて、ぼくも妻も今後について安心したかった。ロベルトは、指示待ちです、と答えた。

われらがドライバー、ロベルトの返事に安堵して、ぼくは一瞬、ほっと肩の力を抜いた。ちらりと見やったルイザの顔にはこわばった笑みが浮かんでいた。ぼくの頭に、ヴァカンス初日の夜に車中泊をしたときの状況がよみがえってきた。ルイザはここに至るまでの数時間の出来事をすっかり忘れてしまったかのように、とはいえそわそわと落ち着かない仕草をしながら声を引きつらせて、彼女がおそらく大げさに〝魔法の夜〟と形容したあの最初の夜の思い出を大事にしなければならないと主張した。だってわたし、あの夜、アーモンドの木に囲まれたこの小さな広場に自分がしっくり馴染んでいるのを感じたから。

一台のパトカーがやってきた。ぼくは一瞬、食料品店の背後に隠れようとしたが、ロベルトがいるから大丈夫だと考えてそのまま動かずにいた。それでもルイザを後ろに引っ張った。ロベルトはパトカーのほうへ歩いていき、車から降りてきた警官と少しのあいだ話をした。ぼくはその警官が青っぽく光る黒革のブーツを履いていることに気がついた。話し合いが続き、やがてロベルトがぼくのところに戻ってきた。ぼくは彼に、修理工場の社長からの電話待ちであることを念押しした。警官もやってきた。彼は制帽の庇に手をやってルイザに挨拶した。ロベルトはすぐにぼくに、ヤバい状況だから発言には気をつけてください、と警告した。

　警官は明らかにルイザに関心を持ったようだった。この手の女性がタイプなのだろう。そしてロベルトは元がばかなので、そうですよね、この方はものすごくおきれいです、などと口走った。警官は、それにものすごくお優しいに違いない、とさらに持ち上げた。そして、車に乗せてちょっとしたドライブに連れていきたがった。ぼくはずいと進み出た。だが警官はぼくには一瞥もくれず、ぼくの妻をしげしげと眺め、それから視線で彼女の衣服を、上から下へゆっくり剝ぎ取っていった。そして運転席にいた同僚のところに戻った。ロベルトが耳打ちしてきた。ルイザさんがひどい目に遭うかもしれません。警官が妻をどこに連れていくつもりなのか尋ねると、ロベルトは声を落として言った。警察署じゃないことだけは確かです……駐車場とか、ひとけのない場所とか……。ぼくが様子を見よう、と応じると、ロベルトは唇に指をあてた。たぶん、最後までこっちの話を聞け、と言いたいのだろう。連中は奥さんを連れていける立場にあるんですよ。やつらにとってあなた方はいまやただの逃亡犯で、だから法に守られた存在じゃないんです。とにかく向こうはそんなふうに物事を見ています、彼らにはなんだって許されるんです……ただし……アメットさん、ただし……あなたがおれの話をちゃんと聞き、おれを信頼してくれれば話は別です。おれにはあなたと、あなたの奥さんを守るためのうまい手があります……あの警官、あいつは顔見知りです。すでに交渉してみました。手を貸してくれることに同意してくれてるんです。やつはこう言いました。おれはあのふたりのことを、アメット氏と、つまりあなたのことです、その奥さんのことを知らないし、姿を見かけたこともない、とね。さらに、あなた方の存在を報告書に記載しない、とも。ただ、奥さんの自由と引き換えにちょっとしたものを要求してます。わかりますか、アメットさん？ ほかに逃げ道はないと思います。

ぼくは無言のまま広場を横切り、ずっと固まったままでいるルイザに合図した。ロベルトもぼくについてきて、改めて言った。あなた方はあの警官にとってもう何者でもありません。通りすがりのよそ者、誰の興味も引かないただの人、どこにでもいる虫けら、これはあの警官が言ってた言葉ですが、にすぎないんです。ロベルトはさらにこうも口にした。十五分時間をくれるそうです。どうするか決めるのに。奥さんを引き渡すか、カネを払うか、どちらか選ぶのに。ぼくはロベルトに、ATMはどこにあるか知ってるかと尋ねた。手近な場所にあるやつだぞ。彼は承知したというようにぼくと、パトカーの運転席の警官に同時にうなずき、警官はそれに身振りで応じた。同僚がやってきてルイザの腕をつかんだ。ルイザが青ざめるのがわかった。そこでぼくは少し先、役場の裏手の小道にある銀行の支店まで走った。

すぐさまカードを差し込み、暗証番号を入力し、警官に言われた金額を自分の口座から引き出した。その際、キャッシングのアイコンを選んだ。口座からの出金は残高不足で拒否される可能性があるからだ。ピン札がするすると機械から滑り出てきた。それをふたつ折りにしてポケットに突っ込むと、ロベルトと一緒にパトカーのところに戻った。途中ロベルトから、この件についてミケリーニにはひと言も漏らしてはならないと注意された。ここでの出来事は、おれらのあいだの秘密です。彼はそう締めくくった。

警官は紙幣の最初の五枚をロベルトに手渡すと、残りをポケットに入れた。こちらを見ようとしなかった。顔を合わせるリスクを冒したくないんだな、とぼくは考えた。なにしろ向こうはぼくと面識がなく、目にした事実すらないことになっているのだ。彼の同僚がルイザを解放した。

スマホが鳴った。いまやぼくは安全に電話に出られる状態だった。ミケリーニはぼくに、元気か、ロベルトはうまいことやってるか、と尋ねた。ぼくはルイザのことを考えた。そして答えた。うまくいってますよ、問題ありません。

ミケリーニが値段を決め、ぼくはルイザに合図した。彼女が近づいてきた。ぼくは金額を告げた。大丈夫、と彼女は答えた。ミケリーニは先を続けた。国境までのふたり分の料金だ。支払いさえ済めば、それでチャラだ。おたくはブローカーに接触する。食料品店の店主が指示を出す。ブローカーは店主の息子だ。着替えをするのを忘れるなよ、メルヴィルさん。あんな恰好で移動するのはまずい。リネンのスーツじゃ目立ちすぎる。で、ルイザさんのほうはどんなだ……？　ホテルで着替える時間はあったのか？　ぼくは食料品店の主人の息子と相談すると答えた。

ミケリーニは続けた。おたくらはアチレアーレから出ることになる。ボートが待機してる。目的地はジェノバの港湾地区。で、そのあと鉄道駅を目指す。そこまでの旅の足は船で、おたくらだけじゃない、グループでの移動になる。同じ言葉を話す者はひとりもいない。だが船の雰囲気はとりあえず、割にいい感じだ。ジェノバでおたくと奥さんはシャトルバスに乗る。でもって少し行くと、税関を通らないといけない。乗客の行列に紛れ込むことになる。乗客ってのは毎日下船する。通過したり、戻ってきたりする。それも大勢。国境は、ほんの少しの運に恵まれれば、さほど問題なく通過できるだろう。ただ時間はかかる。で、向こう側では山道を行けばいい。もっとも、双方の国をつなぐ列車も運行してるがね。

訳者あとがき

本書『迂回』はフランス人作家、イヴ・ラヴェが二〇二二年に発表した*Taormine*（タオルミーナ）の全訳である。「訳者あとがき」の冒頭にしばしば置かれるこの定型的な一文の「全訳」という箇所に傍点を振って強調した意味を、本書を読了された方ならわかっていただけるのではないか。

それにしても奇妙で不穏な小説だ。フランスの読者は本書をどのような作品として位置づけているのだろう。そう思ってネットで調べてみると、「オフビート・スリラー」、「ひねりのきいた暗黒小説（ノワール）」、「風変わりな推理小説（ポラール）」、「ミニマリスト・ヌーヴォー・ポラール」などという表現を目にした。言いえて妙の形容の数々に、なるほどな、と思う。

もうひとつ、なるほどな、と思うのは、本書がミニュイ社から刊行されているということだ。ミニュイ社と言えばなにより、ミシェル・ビュトール、アラン・ロブ＝グリエ、クロード・シモン、ナタリー・サロートなどいわゆるヌーヴォー・ロマンの巨匠たちの作品を発表してきた歴史を誇る。ヌーヴォー・ロマンとは従来の小説の概念の解体を目指して一九五〇年代にフランスで始まった新しい文学潮流だ。作家により手法や形態はさまざまだが、人間の深層の意識の流れを叙述したり、客観的な事物描写を重視したりするなどして、プロットの一貫性や伝統的な心理描写を排した前衛的な一群の作品を生み出した。加えて同社は、ミニマリズムの作風と人を食ったようなユーモアを特徴とするジャン＝フィリップ・トゥーサンや、心理描写を避け、微細なものを精密に描く文体で知られるジャン・エシュノーズの作品も世に送り出している。従来のノワール作品の枠組から外れた本書の風変わりな味わい、心理描写が少なく簡素な割に妙に細部にこだわる文体は、同社が手がける作品のイメージにまさにぴったりではないか。

「シチリアはすばらしいところですが、不注意な、あるいは不運な観光客は肝を潰すことになります」（本書二四頁）――これは本書の主人公メルヴィルがシチリアで車を借りたときにレンタカー会社のスタッフからかけられた言葉だが、彼もまた、この島で肝を潰すことになるひとりだ。彼は不仲になっている妻ルイザとの関係修復を図ろうと、夫婦で一週間のヴァカンスを過ごすため当地にやってきた。空港に降り立ったあと、レンタカーを走らせ宿泊予定地であるタオルミーナを目指すが、途中、妻に海を見せようと思い立って高速道路を降り、未舗装道路を突き進む。けれども結局、ビーチまでは行けずじまい。近くにあったスナックバーでひと休みしたあと、高速道路に戻るため、急に降り出した雨と宵闇のなかふたたび未舗装道路を走行するが、車が突然なにかに衝突する。メルヴィルは車を止めはするが、車外に出て衝突したものの正体を確かめることなくふたたび発進した。不安がるルイザと自分に、あたりをうろつく野生動物とぶつかったのだろうと言い聞かせながら。翌朝、車のフェンダーに衝突の跡があることに気づいたメルヴィルは、レンタカーをこっそり修理に出すことにする。そしてルイザが立てた予定に従って島の観光地へ向かうのだが、道中、海辺で発生したひき逃げ事故を報じる新聞記事を目にする……。

本書の読みどころはまず、主人公が誤った選択を次々に重ねるうちにいつの間にか身動きの取れない泥沼にはまり込んでいくそのプロットにある。適切ではない出口で高速道路を降りる、工事中と思われる未舗装道路を突き進む、衝突の衝撃を感じたのに車から降りて確かめない、フェンダーについた凹みを密かに修理業者に直させようとする、新聞記事で事故を知ったのに警察に連絡しない……。そうしてぎくしゃくしていた夫婦仲のせいで始まりから不穏な空気をまとっていた夢のヴァカンスにどんどん暗雲が垂れ込めていき、裕福なヴァカンス客だった夫婦に思いがけない末路が待っている。

この誤った選択をする際にメルヴィルがルイザに披露する説明や、心中でつぶやく言い草が支離滅裂でふるっている。「ルイザ、予定を一切変えないかぎり、誰かがなにかを訊いてこないかぎり、ぼくらは部外者だ」（八七頁）。「心の底から、このめちゃくちゃな話を終わりにしたかった。それにしてもなぜ、この話がめちゃくちゃなのか？　筋が通らないのか？　それは作業場の真ん中でいま油染みた雑巾で両手をぬぐっている社長が、自分の仕事をきちんと果たさなかったせいだ」（一〇八頁）。訳者は本書を読みながら、メルヴィルの不可思議な論理に何度も首をひねり苦笑したのだが、思いがけず失敗をして焦っているときにわけのわからない理由をつけて周囲や自分自身を納得させようとすることは、大なり小なり誰にでも身に覚えがあるはずだ。メルヴィルの身勝手さに憤りを覚える一方で、その反応が妙に人間くさくてリアルに感じられるところが面白い。

身勝手といえば、当初は警察に出頭するなどまともなことを主張していたルイザが少しずつメルヴィルの屁理屈に絡め取られ、同調するようになっていくさまも見逃せない。そこには、「せっかくシチリアに来たのだから、楽しまないと」という観光客としての意識が作用しているようにも思われる。そもそも観光とは突き詰めれば、見知らぬ土地を訪れて、見たいものだけを見て通り過ぎる行為とも定義できる。ルイザも見たくない現実から目をそらし、ガイドブックを握りしめて名所旧跡に目を輝かせ、警察に行くといった考えもいつの間にか遠のいていく。途中、メルヴィルから買ってもらったサングラスをかけ、「これでいけそう」とつぶやくシーンがあるが（九四頁）、あの箇所を、現実に目をつぶろうと決めたルイザの心境のターニングポイントだと解釈しているフランス人読者がいた。ユニークな分析だと思う。

本書は説明を排したミニマルな文体で書かれているため、読者が余白を埋めながら読み進めなければならないタイプの作品だ。本書の語り手は主人公のメルヴィルで、物語は全篇、彼の視点から語られるが、決して自分自身の心理に深入りすることはなく、描写されるのは自分たちの行動、彼の目に映った光景や事物、交わした、あるいは耳にした会話だ。カギ括弧を使わずに会話文を地の文に入れ込んでいるのも特徴で、やり取りがうまく嚙み合っていない箇所やズレた発話もあり、読者を翻弄しようとする著者の意図が窺われる。

登場人物たちを宙吊り（サスペンス）の状態にすることで緊張感を高めている点にも注目したい。つまり事故現場で車を降りなかったことにより、夫婦は真偽が不明のまま中途半端な状態に置かれ、もやもやとした思いを抱えながらどんどん追い詰められていく。そして読者のほうもまた、ところどころに奇妙なユーモアを漂わせた、飄々としてそっけなく、ある意味〝中途半端な〟著者の書きぶりに弄ばれ、宙吊り状態を味わうことになる。

この風変わりな小説を書いたイヴ・ラヴェは一九五三年、フランスのブザンソン生まれ。小説家デビューは一九八九年で、このときはガリマール社が版元だったが、二作目以降は著作のほとんどをミニュイ社から発表している。自身の父の死をテーマにした *Le drap*（『シーツ』未訳、二〇〇三年）でマルセル・エイメ賞（Prix Marcel-Aymé 2004）を受賞。また、劇作家としても活躍している。現在まで刊行した小説は二十作を超える。その多くが本書のように独特な味わいを持つノワール作品で、一部の読者からカルト的な人気を博している。

その醸し出す雰囲気や簡素な文体からジョルジュ・シムノンに似ているとの指摘があり、あるインタビューによれば、初め著者はそのことに驚いたようだが、いまでは同意しているとのこと。一方、ミニマルな語りと心理描写の少ないその作風から、「ネオ・ポラールの法王」と呼ばれるパトリック・マンシェットとの類似点も指摘されている。マンシェットは、ハードボイルド小説の始祖であるダシール・ハメットの「行動主義」の小説の系譜に位置づけられる作家だ。ちなみに、本書の主人公の苗字の原語表記は「Hammett」。フランス語やイタリア語では「H」を発音しないので訳中では「アメット」と表記したが、この名がまさにダシール・ハメットにちなむものであることは著者も認めている。

なお、本書は二〇二二年度のゴンクール賞、ルノードー賞、フェミナ賞の第一次候補作にノミネートされたほか、ナンシー書店大賞（Prix des libraires de Nancy 2022）に輝いた。

翻訳にあたっては、早川書房の窪木竜也さん、三井珠嬉さん、校正者の衣笠辰実さん、株式会社リベルの方々にご尽力をいただいた。この場をお借りして、心よりお礼を申し上げます。

二〇二五年二月

訳者略歴　フランス語翻訳家　国際基督教大学教養学部社会科学科卒業　訳書『異常（アノマリー)』エルヴェ・ル・テリエ，『生き急ぐ』ブリジット・ジロー，『夜、すべての血は黒い』ダヴィド・ディオップ，『念入りに殺された男』エルザ・マルポ，『ちいさな国で』ガエル・ファイユ，『ささやかな手記』サンドリーヌ・コレット（以上早川書房刊）他多数

迂回（うかい）

2025年4月10日　初版印刷
2025年4月15日　初版発行

著者　イヴ・ラヴェ

訳者　加藤（かとう）かおり

発行者　早川　浩

発行所　株式会社早川書房
東京都千代田区神田多町2－2
電話　03－3252－3111
振替　00160－3－47799
https://www.hayakawa-online.co.jp

印刷所　株式会社精興社
製本所　大口製本印刷株式会社

Printed and bound in Japan

ISBN978-4-15-210417-5 C0097

乱丁・落丁本は小社制作部宛お送り下さい。
送料小社負担にてお取りかえいたします。